www.tredition.de

AF204060

Karoline Marinel

Binnenanker

www.tredition.de

Verlag & Druck: tredition GmbH, Halenreie 40-44, 22359
Hamburg

ISBN
Paperback: 978-3-347-00127-5
Hardcover: 978-3-347-00128-2
e-Book: 978-3-347-00129-9

§ 1 BLITZSCHLAG

Kopfüber

SIE: Gestohlene Stunden

Sie tauchte ein in das schimmernde Grün des Bergsees. Das kühle Wasser umschloss ihren Körper sanft – wie ein flüssiger Smaragd. Mia schob die undurchsichtigen trägen Wassermassen mit beiden Armen kräftig zur Seite und wurde in ihnen schwerelos.

Wer war diese unverhoffte Begegnung, die alles in Frage stellte? Sie hätte sich nicht ausmalen können, dass eine einzige Sommerwoche ihr Leben auf den Kopf stellte.

Mia dachte an Düsseldorf und an das, was dort auf sie wartete. Eine Verlobungsfeier, ihr Studium, ein nüchterner Onkel als letzter Überrest einer Familie. Über die Jahre hinweg hatte Mia gelernt, sich mit der inneren Einsamkeit abzufinden, die seit dem schwarzen Tag in ihr herrschte. Sie hatte den Schmerz verdrängt und sich pflichtbewusst durch die Schulzeit und die ersten Studiensemester gequält, als läge in ihrer Ausbildung ein Selbstzweck. Doch im Grunde wusste Mia, dass etwas nicht stimmte. Wohin sie auch ging und wie sehr sie es geschäftig überspielte, sie trug ein Vakuum in sich. Rastlos suchte sie nach dem Tod ihrer Mutter eine Bodenhaftung und war sich dabei selbst der luftleere Raum. Unterbewusst bahnte sie sich einen Weg, um alles hinter sich zu lassen und zu vergessen – ohne dabei jemals anzukommen.

Schon seit Jahren spielte Mia dieses Spiel, dessen Regeln sie nicht verstand. Mitten im Nirgendwo, in Gedanken an einen fesselnden Unbekannten stand es ihr plötzlich klar vor Augen: Sie wusste überhaupt nicht, wonach sie sich streckte und wohin sie lief.

Sie strampelte und kämpfte, scheute keine zusätzliche Schicht beim Kellnern im Bistrot, keine Nacht in der Bibliothek. Doch es fehlte ein Endziel. Die verschlingende Leere in ihr blieb, egal mit wie vielen bunten Hüllen Mia sie auch verdeckte.

Irgendwann käme er vielleicht, der Morgen, an dem sie die Augen öffnete und fröhlich in die Sonne lächelte, ohne die tiefe Schwere in ihrem Herzen. Bis dahin würde Mia weiter atemlos durch ihren Alltag hechten, wartend und hoffend.

Doch jetzt war da das Bild von einem Fremden, der ihr neuen Mut einhauchte. Jordìs Anziehungskraft weckte ein unbekanntes Verlangen in Mia, eine Kehrtwende zu machen; einmal aus dem Bauch heraus einen völlig anderen Weg einzuschlagen und abzuwarten, was passierte.

Mia tauchte mit dem Gesicht unter Wasser und stieß die zerplatzenden Luftblasen aus. Diese Sommerwochen würde sie nicht als Karrierechance nutzen, um sich das Qualitätssiegel eines elitären Programms in die Haut zu brennen. Sie atmete. Die flüchtige Begegnung hatte etwas aufgebrochen.

Der Wind strich über den See und Mia hielt in ihrer Bewegung inne. Das Wasser wurde ruhig und die Sonne brach sich in seinem dichten Grün. Mia beobachtete, wie die leichten Windstöße die schimmernde Wasseroberfläche in sanfte Wellen legten.

Von den Schwimmzügen erhitzt, aber gestählt trieb ihr Körper im kühlen Seewasser. Mia sah an sich herab. Knapp unter der Oberfläche erkannte sie noch die Konturen. Grünlich zeichneten sich ihre gestreckten Arme bis zu den Händen ab. Sie spielte mit den Fingern und ließ ihre Handflächen langsam herabsinken. Nach wenigen Zentimetern verschwanden sie im Ungewissen. Doch Mia spürte jede einzelne Fingerkuppe, jede Faser ihres Körpers, auch wenn die trüben Strömungen keinen Blick in die Tiefe mehr freigaben. Verborgen im Unsichtbaren existierte etwas, das sie an die Oberfläche bringen konnte; nach nicht mehr als ein paar unscheinbaren Momenten mit Jordì spürte Mia es deutlich. Er erschütterte etwas Grundlegendes in ihr. Erstaunlicherweise fühlte sich das ausbreitende Beben aber nicht bedrohlich an, sondern gut.

Mia zog ihre Hände zurück, breitete die Arme aus und drehte sich in einer Rolle auf den Rücken. An diesem Sommernachmittag würde sie nichts tun, außer ihren Gedanken an diesem verwunschenen Ort freien Lauf zu lassen – ohne einen Schimmer, was kommen würde, und doch in der plötzlichen Gewissheit, dass etwas auf sie wartete.

Diese gestohlenen Stunden gehörten ihr.

ER: Sehnsucht

Am Ufer riefen die Ersten zum Aufbruch, packten die nassen Handtücher zusammen und befestigten sie an den Gepäckträgern der Fahrräder.

Jordì sah hinaus auf das Wasser. Mia schwebte noch immer fast regungslos an der Oberfläche. Wenn die leichten Strömungen ihren Körper aus dem Zentrum weggetragen hatten oder die Sonne nicht mehr in ihr Gesicht fiel, rührte sie sich. Dabei bewegte sie sich so vorsichtig, als wollte sie das Wasser in seiner Ruhe nicht erschrecken.

Jordì blinzelte und wendete sich ab. Er fühlte sich, als wäre auch er dort in der Mitte des Sees und sein Herz wurde schwer.

Seit Mia am ersten Morgen lachend die Empfangshalle betreten hatte, kreisten seine Gedanken. Inmitten des belebten Treibens spürte er, wenn sie in der Nähe war. Sie strahlte eine geheimnisvolle Wirkung aus, die ihn unwillkürlich anzog.

Doch ihm war bewusst, dass er nicht frei war und es wahrscheinlich nie werden würde. Seit Generationen lag die

Verantwortung für das Familienunternehmen bei den Söhnen der de Parreras i Fardeneres. Doch das alte katalanische Geschlecht hatte sich zunehmend ausgedünnt. Außer Jordì gab es niemanden, der das Familienerbe antreten könnte, ganz gleich, ob er sich dieser Aufgabe gewachsen fühlte oder nicht.

Jordì spürte bei jedem Atemzug, wie schwer die Erwartungen der Heimat auf seine Brust drückten. Er dachte an den missbilligenden Blick seines Großvaters, als er schließlich für den Programmauftakt zum Flughafen aufgebrochen war. Auf der Reise hatte Jordì das schlechte Gewissen noch verdrängen können; es standen nur ein paar vergnügliche Sommertage in den Bergen bevor, mit einer bunt gemischten Gruppe ausländischer Studenten. Selbst das gesamte Stipendium dauerte kaum ein Jahr. Zumindest musste Jordì das grollende Familienoberhaupt so nur auf absehbare Zeit verärgern.

Nun aber geriet das große Ganze aus den Fugen. Mia nahm allen gesicherten Zukunftsaussichten den Wind aus den Segeln und verzauberte ihn.

Wenn sie mit ihrer zarten Statur durch die langen Gänge zum Kursraum eilte, wirkte sie wie eine kleine Elfe. Ihre Bewegungen waren stark und sanft zugleich und ihr gesamter Körper sprach, wenn sie etwas erzählte. Mit den Händen untermalte sie ihre farbenfrohen Aussagen und wenn sie lächelte, wollte Jordì sie am liebsten vor Glück in die Luft heben und im Kreis herumwirbeln.

Er konnte es sich nicht erklären. Doch ohne jedes Wort von ihr legte sich eine Leichtigkeit um sein Herz, wenn sie in seiner Nähe war.

Noch immer trieb sie besinnlich allein dort im See in der Sonne, als wäre es das Selbstverständlichste der Welt.

Unvermittelt stach etwas wie ein Dorn in seinen Brustkorb und Jordì wandte sich ab. Er fühlte sich schuldig; sein Weg war vorgezeichnet. Aber in diesem stillen Moment am Seeufer wünschte er sich nichts sehnlicher, als seine Fesseln zu sprengen und auszubrechen.

Türöffner

Mia erinnerte sich, als wäre es gestern gewesen. Mit zitternden Fingern hatte sie den Brief geöffnet und ihr Herz hatte einen Sprung gemacht, als sie die Zusage schwarz auf weiß in den Händen hielt. Jede Förderung öffnet Türen; immer und immer wieder hatte ihre Mutter das gesagt. Doch offenbar förderte dieses Programm etwas ganz anderes zu Tage.

Noch bevor sie damals die weiteren Unterlagen aus dem dicken Umschlag ziehen konnte, klingelte das Telefon: Onkel Pawel, als hätte er es geahnt. Rasch berichtete Mia von den Neuigkeiten. Nicht anders als sonst reagierte Pawel nüchtern und streng. Seine tiefe Stimme holte Mia aus der aufgeregten Vorfreude und ihren schwirrenden Gedanken zurück in die Gegenwart. „Mach das Beste daraus, Mia. Deine Mutter hätte alles dafür getan."

Wie ein Schlag trafen Mia seine Worte. Natürlich, jede Chance verlangte Einsatz. Immer schwang ein Erwartungsdruck mit und mit ihm eine nicht greifbare Verantwortung; Mia schuldete es den Entbehrungen der

Mutter, jeder großen Möglichkeit ihr gesamtes Herzblut zu widmen.

Um Mia ein besseres Leben zu ermöglichen, war die junge Mutter in Nacht und Nebel geflohen. Sie hatte alles zurückgelassen, damit ihrer Tochter gegenüber niemand die Fassung und auch die Hand verlieren könnte; damit Mia frei aufwachsen würde. Mochte der Weg auch steinig sein oder die Tage dunkel, es nährte die Perspektive. Mit harter Arbeit und Fleiß konnten sich Träume erfüllen.

Darum bemühte Mia sich jeden Tag und nach dem Tod ihrer Mutter noch härter. Das Mantra war ihr ein Anker und ein Joch zugleich.

Denn von einem Tag auf den anderen war alles anders geworden. Vom vormals gewohnten Lebensalltag blieb fast nichts und Mia suchte nach einem Gerüst, an dem sie sich festhalten konnte.

Statt gemeinsam geträllerter Lieder bei der Hausarbeit und einer warmen Umarmung der Mutter herrschte plötzlich eine dröhnende Stille vor; Mia suchte vergeblich nach rettenden Inseln menschlicher Wärme und einem fröhlichen Lachen.

Onkel Pawel hatte die klaffende Lücke nicht ausfüllen können. Obwohl auch er ausgebrochen war, um sich weit weg in Deutschland ein Leben aufzubauen, hatte er die Versöhnung mit der verstoßenen Schwester zu spät gesucht. Diese Wunde heilte nicht aus und Mia brachte keine Linderung, sondern erinnerte ihn und streute so fortwährend Salz in die Wunde.

Eingekapselt bahnte Mia sich seither ihren Weg. Schritt für Schritt setzte sie übrig gebliebene Bruchstücke zu einem neuen Lebensalltag zusammen. Doch es blieb kalt.

An jenem schwarzen Tag war Mia hart gefallen und hatte die Orientierung verloren. Es gab keine Alternativen und kein Zurück; also richtete sie sich langsam wieder auf und ließ sich dabei von den Zielen der verlorenen Mutter den Weg weisen. Mia sollte erreichen, was dieser verwehrt gewesen war; sie würde den Traum ihrer Mutter erfüllen. Sie musste das Abitur machen und studieren; eine gute

Ausbildung sollte ihr Schlüssel zu einer unabhängigen Zukunft werden.

Dafür hatte Mias Mutter alles gegeben: jede Spätschicht im Werk übernommen, jeden Cent für eine Ausbildung an der Universität gespart, jedem abschätzigen Blick standgehalten.

Mia war noch in der Schule gewesen, als der Schicksalsschlag hereinbrach. Die Direktorin hatte sie völlig unvermittelt aus der Französischstunde gezerrt; als sie von den verpassten Anrufen berichtete, wusste Mia, dass sich das Unheil anbahnte. Als sie kurz darauf schweißüberströmt am Krankenhaus ankam, wartete Onkel Pawel bereits leichenblass in der Eingangshalle auf sie. Es war zu spät.

Von da an trieb ein blinder Ehrgeiz Mia an. Die verzweifelte Hoffnung, ihrer Mutter so näher zu sein, sollte den tiefen Krater in ihrem Herzen überwinden. Die Bewegungen verselbstständigten sich; sobald Mia nachließ, stand ihr das Bild der unerschöpflichen Tatkraft der gezeichneten und bereits zutiefst kranken Mutter vor Augen.

Als sie nun vor wenigen Wochen in Düsseldorf den Brief mit der Zusage in den Händen gehalten hatte, war Mia sich so sicher gewesen: Sie würde auch diese Chance nutzen und nichts und niemand sollte sie aufhalten.

Doch nun geriet ihre Welt ins Wanken.

ER: Spielereien

Baptiste verdrehte die Augen. „Junge, was willst du nur mit diesen akademischen Eskapaden und dazu noch im Ausland? Was du für die Firmenleitung brauchst, lernst du von mir – und zwar genau hier, in Besalú!"

Jordì wusste, weshalb er die Bewerbungen hinter dem Rücken seines Großvaters geschrieben hatte. Seit dem Absenden hatte er ungeduldig und mit gemischten Gefühlen auf eine Antwort gewartet. Würde er eine Zusage erhalten und die Diskussion mit dem Familienoberhaupt suchen müssen?

Der Augenblick für eine Konfrontation kam schneller als erwartet und obwohl Jordì nächtelang gegrübelt hatte, fühlte er sich mit einem Mal entschlossen. Er wollte den Erwartungen seiner Familie gerecht werden und alle glücklich machen. Doch dafür müsste er noch nicht jetzt alle seine Wünsche aufgeben. Dieses Mal würde er sich noch nicht fügen, sondern das Stipendium antreten und für den Auftakt nach Österreich reisen.

Schon bei der Bewerbung hatte Jordì sich keine Illusionen gemacht. Sein Großvater würde das Vorhaben nicht billigen und dieser hatte in der Familie das Sagen. Aber Jordì war bereit, den Preis hierfür zu zahlen. Auch wenn der Patriarch eine Weile verstimmt war: Das war Jordìs Ticket in die Welt; und wenn sie ihm schon nicht offenstand, so konnte ihm doch zumindest einen Ausflug niemand verwehren. Wenn er die Gelegenheit ungenutzt vorbeiziehen ließe, würde er sich immer fragen müssen, ob sein Leben vielleicht ganz anders verlaufen wäre, wenn er sich nur getraut hätte, auch einmal auswärts Luft zu schnuppern.

Jordì zog es auch nicht erst seit den Studientagen immer wieder heraus aus Besalú. Sobald er den Vorstoß wagte und beim sonntäglichen Essen mit der Großfamilie von einer neuen Reiseidee erzählte oder einen Sprachkurs vorschlug, schwang in den Reaktionen ein Vorwurf mit. Doch Jordì war nicht wie sein Vater, der die Familie im Stich gelassen hatte, und es war auch nicht sein Plan, der Heimat für immer den Rücken zu kehren. Er fühlte sich gefangen; auch er musste einmal die Fühler ausstrecken und atmen dürfen.

Seit das Fernweh ihn ergriffen hatte, gärte auch ein innerer Trotz in Jordì. Nicht einmal erinnern konnte er sich und trotzdem wurde er bei jedem Schritt aus Besalú mit seinem Vater über einen Kamm geschoren. Verdiente er das Misstrauen, nur, weil sein Vater sich gegenüber der Familie zweifelhaft verhalten hatte? Und überhaupt – wie sollte er sich von jemandem abgrenzen, den er nicht einmal kannte? Er war eingesperrt durch Ängste, die von Erinnerungen lebten. Doch Jordìs Fernweh war etwas anderes als die Verantwortungslosigkeit, die man seinem Vater anlastete.

Als er von dem Stipendium berichtete und in die kritischen Gesichter der Familienmitglieder blickte, protestierte eine Stimme vehement in Jordì. Es war ungerecht; er musste die Welt dort draußen zumindest einmal erlebt und gespürt haben. Er müsste losgelöst vom starren Korsett der Heimat herausfinden, wer er war. Anders käme er in Besalú wahrscheinlich nie zur Ruhe.

Seit er denken konnte, waren alle Spielzüge gesetzt: Das Familienunternehmen wartete; das repräsentative Stadthaus und der Gutshof samt Ländereien mussten verwaltet werden. Die politischen Ämter in der Region fielen außerdem seit Generationen den führenden Köpfen der lokalen Wirtschaft zu; dazu kochte der Wunsch nach einem unabhängigen Katalonien immer begehrlicher auf.

Auch wenn er sich sträubte: Über kurz oder lang musste Jordì die Geschäfte führen und seine Position im gesellschaftlichen und politischen Gefüge einnehmen. Wie schon sein Großvater würde er das Familienerbe annehmen und in die Fußstapfen seiner Vorfahren treten. Es gab keine Alternative; mit seinem Bruder hatte das Schicksal gespielt und seine Schwester könnte die Rolle nie ausfüllen. Es war an Jordì und jeder wusste es.

Doch schon seit Jordìs Schulzeiten tuschelte das Dorf. Offenbar hatte Baptiste seinen jüngsten Enkel nicht im Griff. Immer wieder streunte Jordì an den Wochenenden in die

Großstadt. Wenn es nicht Barcelona war, fuhr er manchmal sogar per Anhalter über die Ländergrenzen nach Portugal oder Frankreich. Außerdem war er schon mehrfach über Wochen für Sprachkurse und sonstige Spielereien ins Ausland verreist. Man munkelte. Wann würde Baptiste seinen Enkelsohn offiziell in die Geschäfte einführen? Es schien, als hätte der Junge das sprunghafte Wesen seines Vaters geerbt. Wollte er sich womöglich seiner Verantwortung entziehen und bereitete den Absprung aus dem Heimatort gar schon vor?

Jordì wusste, dass seine Reise nach Österreich wie auch das Stipendium genau diese Gerüchte anfeuern und den Spott auf den machtlosen Patriarchen ziehen würden. Natürlich wollte er seinen Großvater um keinen Preis bloßstellen. Aber etwas in ihm sträubte sich gegen die allgegenwärtigen Erwartungen. Noch war der Gips weich, doch die Strukturen härteten mit jedem Lebensjahr aus. Die Vorstellung, dass jede Facette seiner Zukunft bereits in Stein gemeißelt sein sollte, legte sich bleiern auf seine Schultern.

In Besalú spürte Jordì förmlich, wie sich die Fesseln Tag um Tag enger um seine Brust schnürten, ohne ihm Luft zum

Atmen zu lassen. Wie sollte er herausfinden, wer er war und was er selbst wollte, wenn es hier nur einen denkbaren Platz für ihn gab und das alles seit Kinderschuhen bestimmt war?

Er hoffte zutiefst, dass sich der vorgezeichnete Weg in Besalú eines Tages richtig anfühlen würde. Doch die allgemeine Erwartungshaltung und die vielen neugierigen Augen ließen ihm keinerlei Wahl.

Die Idee, das internationale Stipendium als Ausflucht zu nutzen, flatterte in einer Vorlesung an der Universität unschuldig wie ein Schmetterling in Jordìs Gedanken und ließ ihn nicht mehr los; die Zusage kam als erlösendes Geschenk. Er könnte nach dem Auftakt in Österreich verschiedene Kurse besuchen und ein Auslandssemester anhängen; sicher würde ihn das atmen lassen. Und vielleicht würde sich die heimische Perspektive mit etwas Abstand als eine attraktive oder zumindest eigene Entscheidung anfühlen und könnte sich als Berufung verfestigen, anstatt als lähmende Pflicht.

Jordì sah einen fairen Kompromiss. Er war noch nicht bereit, unter den Fittichen seines Großvaters in die

Verantwortung zu wachsen. Weder wollte er sich selbst vergessen und unbekannte Träume aufgeben noch seine Wurzeln verleugnen. Aber dazu musste er lernen, sich im Spannungsfeld der vielfältigen Erwartungen zu positionieren; hierfür musste er erst einmal selbst auf beiden Beinen stehen und seine Standpunkte kennen. Noch wollte und würde er sich nicht still und leise einordnen und einem vorbestimmten Schicksal fügen.

Damit unterschied sich Jordì von den Familienmitgliedern und seinen Freunden. Oftmals fragte er sich, wieso. Während sie das gute Leben in der Heimat schätzten, brannte in ihm eine nicht zu greifende Sehnsucht, die ihn von seinem Umfeld trennte und unglücklich machte. Der innere Zwiespalt zehrte stetig an ihm und schaffte eine Distanz. Mit einer Auszeit und etwas Abstand könnte er diese womöglich eher überbrücken, anstatt sich weiter im gemachten Nest fremd zu fühlen.

Mit der Zusage kam der Eklat wie vorprogrammiert. Doch obwohl der Großvater alle Register zog und die Mutter als Mittlerin versuchte, die Streitenden zu besänftigen: Jordì blieb resolut. Diese Möglichkeit würde nicht ungenutzt vorüberziehen. Er brauchte diese Zeit für sich zum Durchatmen.

Auch in den folgenden Wochen wich das blanke Unverständnis nicht aus Baptistes Zügen. Als Jordì schließlich abreiste, hoffte er, dass sein Großvater ihn eines Tages verstehen oder ihm zumindest vergeben würde.

Sommerluft

SIE: Ungeahnte Seiten

Unter strahlend blauem Himmel machte sich die frisch zusammengewürfelte Gruppe auf zur Fahrradtour. Nach den Einführungskursen luden die freien Nachmittagsstunden dazu ein, die Gegend zu erkunden. Die Stimmung war ausgelassen und die Truppe radelte im gleißenden Sonnenschein los. Der erfrischende Bergsee wartete.

Doch Mia lag ein Stein auf dem Herzen. Ruhig und besonnen war sie zum Programmauftakt angereist. Doch schon beim ersten Abendessen verlor sie ohne jede Vorwarnung die Fassung. Natürlich hatte sie Jordì tagsüber bei der Ankunft gesehen und auch in der Vorstellungsrunde war er ihr aufgefallen. Doch als er sich auf dem Platz ihr gegenüber niederließ, stand die Welt Kopf. Innerhalb von Sekunden verlor sie sich vis-à-vis in seiner geheimnisvollen Ausstrahlung.

Er hatte diesen wehmütigen Schimmer in seinen stahlblauen Augen und aus der Nähe traf Mia sein Blick wie ein Blitzschlag. Er schien durch sie hindurchzudringen, ohne dabei aber im Gegenzug seine Geheimnisse preiszugeben. Dagegen wirkten Jordìs Gesichtszüge sanft. Die markanten hohen Wangenknochen zeichneten eine edle Note und die kleine Narbe über seiner linken Augenbraue erzählte eine Geschichte, die Mia nicht kannte.

In den folgenden Tagen setzte sich die flirrende Aufregung nicht, die er in ihr auslöste. Selbst wenn Mia den Blick abwandte, nahm sie Jordì wahr. Er bewegte sich geschmeidig und ein jungenhafter Zug umspielte seine Gesten. Wenn Mia seine Stimme hörte, schlug ihr Herz schneller. Wenn er sich näherte, wurde sie nervös und tollpatschig. Etwas an ihm brachte sie völlig aus dem Konzept.

Mia war vor den Kopf gestoßen. Sie kannte sich so nicht. Ihre gefassten Entschlüsse verfolgte sie geradlinig. Bevor sie sich eine Vorstellung machte, durchdachte sie Optionen und wog Vor- und Nachteile ab. Mit einem Schlag fühlte sie sich nun hilflos und impulsiv. Der entwaffnende Unbekannte nahm ihr die Zügel aus der Hand.

Völlig unerwartet wirbelte er Mias Lebenspläne durcheinander. Zu Hause in Düsseldorf wartete in wenigen Monaten eine Verlobungsfeier; allein die Vorstellung fühlte sich mit einem Mal schrecklich fremd an.

Mia verstand nicht, wie sie in eine solche Lage geraten konnte. Frohen Mutes war sie für den Programmauftakt eingetroffen und schon nach einem Tag wusste sie nicht mehr, wo oben und wo unten war. Die Begegnung mit Jordì warf sie aus der Bahn und je mehr sie versuchte, ihm aus dem Weg zu gehen, desto häufiger stießen sie aufeinander.

Mia versuchte, ihre Gedanken zu sortieren und in der radelnden Menge zu verschwinden. Immer wieder tauchte Jordì aus dem Nichts auf. Als sie an der Dorfschänke anhielten, spürte sie, wie er sich näherte. Unwillkürlich machte Mias Herz einen aufgeregten Sprung. Sie beugte sich herab zum Fahrradschloss und atmete tief durch. Vielleicht würde er weitergehen oder sein Rad an einer anderen Stelle abstellen. Sie drehte wahllos am Zahlenschloss, vorwärts und rückwärts und noch einen Kreis. Doch Jordì blieb stehen. Mia zerrte an den Kabeln und fokussierte eisern die verdrehten Zahlenfelder.

Schließlich tippte Jordì ihr sacht auf die Schulter. Mia richtete sich auf und bereute es noch im selben Augenblick. Sein lächelndes Gesicht war nur wenige Zentimeter von ihrem entfernt und ihr verschreckter Blick verfing sich in seinem jungenhaften Strahlen. Mias Atem stockte und Jordì öffnete langsam die Lippen. „Nicht bewegen. Du hast einen wunderschönen Marienkäfer eingefangen." Er griff an Mias Ohr vorbei und zupfte an ihrem Pferdeschwanz. Sein Handrücken streifte ihre Schläfe und seine Bewegung stockte für einen Moment. Dann hielt er ihr stolz den kleinen Käfer vor die Nase. „Weißt du, Mia, sie bringen Glück."

Mia starrte mit leerem Blick in seine geöffnete Handfläche. Sie fühlte sich, als sei sie das Tierchen, das dort hilflos krabbelte. In Jordìs Gegenwart geriet ihre Welt aus den Fugen.

ER: Unverhoffte Zweisamkeit

Hatte er eine Grenze überschritten? Die kurze Berührung versetzte ihm einen Stromschlag, der durch seinen ganzen Körper fuhr. Jordìs Hände zitterten und er hoffte, dass sie es nicht bemerkte.

Mia verschränkte die Arme vor der Brust und beobachtete den Marienkäfer. Sie zählte laut die schwarzen Glückspunkte und nestelte dabei nervös an ihrem Armband. Fast dankbar wendete sie sich ab, als die anderen Radler zur Einkehr riefen.

Jordì hielt noch einen Moment inne. Er fragte sich, was ihn nur trieb. Etwas an Mia zog ihn unwillkürlich an. Sie schien unergründlich und zugleich so nahbar.

Schon den ganzen Tag ertappte er sich dabei, wie sein Blick immer wieder zu ihr abschweifte. Mia war so anders als alles, was er kannte. Wenn sie während der Kurse zuhörte, saß sie auf der vordersten Kante ihres Stuhls; er hatte den Eindruck, sie müsste jeden Augenblick nach vorne über die Tischbank kippen. Den Mund einen Spalt geöffnet, hing sie an den Lippen des Dozenten, als lüftete er die Geheimnisse der Menschheit. Irritierte sie etwas, verriet ihre linke Augenbraue die Unstimmigkeit, indem sie sich leicht erhob und ihre Stirn in kaum merkliche Falten legte. Stellte Mia nach weiterem Brüten dann schließlich die auf der Zunge brennende Frage, bebten ihre Nasenflügel leicht und sie errötete, noch bevor ihr Gegenüber eine Reaktion hätte zeigen können.

Im Kontrast zu dieser schüchternen Konzentration lachte sie in den Pausen herzlich, brach am frühen Morgen unerschrocken zum Berglauf auf und sprang ohne jedes Zögern durch die Seerosen hindurch in das trübe Wasser des Sees.

Bei allem, was sie tat, leuchtete sie auf eine besondere Weise. Wer war diese kaum zu fassende Person, die Jordì so in ihren Bann zog?

Sein Herz klopfte schneller, wenn Mia lächelte, und in ihm explodierte ein Feuerwerk, wenn sich ihre Blicke streiften. In ihren tiefgrünen Augen lag eine unbekannte Zukunft und Jordì verlor sich in seinen Gedanken.

Es war offensichtlich: Etwas geschah mit ihnen. Und obwohl er es nicht wollte, genoss er es doch.

SIE: Autopilot

Kaum war er in ihrer Nähe, lag diese unnatürliche Spannung in der Luft. Mia fühlte sich aufgekratzt und ihr wurde schwindelig: Jordì riss ihr das Steuer aus den Händen und sie hatte nicht die leiseste Ahnung, wohin der mitreißende Strom sie trug.

Aber selbst, wenn sie jetzt aus heiterem Himmel alles in Frage stellte, wartete zu Hause ein geordnetes Leben auf sie; nicht nur ihr Studium, der Nebenjob im Bistrot und ein Freundeskreis, sondern auch Frederic. Wenn auch erst seit wenigen Wochen: Mia war verlobt. Frederic war eine gute Partie und Onkel Pawel hatte seinen Segen gegeben.

Vor Mias Abreise schien alles noch so vorhersehbar gewesen zu sein. Das Bachelorstudium war fast abgeschlossen, das Masterprogramm würde sich unmittelbar anschließen; daneben eine Verlobungsfeier und im nächsten Jahr die Hochzeit. Nach den Prüfungen sollte sie bei Frederic einziehen; die Zeiten des Studentenlebens waren absehbar vorbei.

Unerwartet kam das Stipendium mit der Möglichkeit eines abschließenden Auslandsaufenthalts dazwischen. Frederic war nicht begeistert gewesen, aber er hatte Mia keine Steine in den Weg gelegt. Wenn es nach ihm gegangen wäre, brauchte sie weder das Stipendium noch ihre Nebenjobs. Doch Mia war die Tochter ihrer Mutter. Weder würde sie sich aushalten lassen noch Hilfe annehmen.

Mia wollte das Programm unbedingt absolvieren. Es würde sie auf ihrem letzten Studienjahr begleiten und ihr zugleich ein paar Stunden beim Kellnern ersparen. Mehr sollte sich nicht ändern; so hatte sie es auch Frederic versichert.

Doch nun wirbelte bereits der Vorbereitungskurs alles durcheinander. Ein Dominostein nach dem anderen kippte um und Mia sah zu – hilflos, aber auch unwillig, die Bewegung aufzuhalten. Ihre vormaligen Lebensentwürfe wirkten mit einem Mal fern und beklemmend, als steckte sie in einer verkehrten Rolle in einem Kostüm, das nicht passte. Etwas war aufgebrochen und setzte Mias Gedanken frei.

Zwar hatte Mia sich von dem Programm neuen Schwung erhofft, aber keinen Schiffbruch. Es sollte für ihre berufliche Zukunft schwerfällige Türen aufstoßen und sie voranbringen. Nun aber öffnete es die Büchse der Pandora.

Wie ein Windstoß fegte Jordì die greifbaren Zukunftspläne vom Tisch. Mias Vorstellungen gerieten nicht nur ins Wanken; es sah vielmehr aus, als bliebe kein Stein auf dem anderen.

ER: Manöver

War es ein Zufall gewesen oder hatte er sich auf dem Heimweg absichtlich zurückfallen lassen?

Der Bügel seines Gepäckträgers war tatsächlich herabgefallen. Doch Jordì hätte schneller vom Fahrrad absteigen und ihn finden können, wenn er gewollt hätte. Aber er hielt nicht sofort an. Vielleicht hoffte er insgeheim, dass auch Mia umkehrte, um ihm bei der Suche zu helfen. Und er behielt recht.

Mia war zu ihm zurückgeradelt und stieg ab. Inzwischen war der Rest der Gruppe außer Sichtweite. Jordì spürte, dass es auch Mia bewusst wurde: Sie waren allein.

Hektisch lief sie den Schotterpfad auf und ab. Nachdem sie bei ihrer Ankunft noch gelächelt hatte, richtete sie den Blick bei der Suche nicht auf, bis sie das Drahtgestänge im Straßengraben entdeckte. Erleichtert winkte sie ihm zu, dass es weitergehen könne.

Doch schon an der nächsten Kreuzung stoppten sie ratlos. Ohne jede Spur der anderen Radler konnten sie nur spekulieren, welchen Weg sie einschlagen sollten.

Jordì zuckte gelassen mit den Schultern. Im Grunde war er froh über die unverhoffte Zweisamkeit.

Er fühlte sich in Mias Gegenwart beschwingt und es tat ihm gut, ihre Aufmerksamkeit ganz bei sich zu wissen. Doch jetzt wirkte sie noch aufgeschreckter als bei der Suche. Jordì beobachtete sie in ihrer Unruhe und bedauerte das Manöver.

Mia stellte das Rad ab. Sie drehte sich um die eigene Achse, während sie versuchte, den eingeschlagenen Weg zu ermitteln: Welche Route wäre die landschaftlich schönste, wo war die Steigung für die Fahrräder möglichst gering und der Feldweg nicht zu steinig? Mia gestikulierte und plapperte in ihrer Aufregung wie ein Wasserfall. Schließlich stieg sie wieder auf ihr Fahrrad. Es müsse die Route rechts der Weggabelung sein; sie könnten die anderen sicher rasch einholen. Anderenfalls sollten sie nach maximal zehn Minuten umkehren und die andere Strecke einschlagen. Mia sah Jordì auffordernd an. Als er sich noch immer nicht regte, malte sie in die Luft, wie sie den Verlauf der Route vermutete.

Jordì schmunzelte. Als Gegenpol zu ihrem sorgenvollen Aktionismus blieb er ruhig. Er rutschte von seinem Sattel, stieg ab und baute sich vor Mia auf. Ihren verdrehten Fahrradlenker richtete er gerade, hielt ihn fest und sah sie an. Mia hörte auf zu gestikulieren.

„Mia. Wir sind in Österreich, nicht in der Sahara." Sie musste sein breites und beruhigendes Lächeln erwidern und ihre Schultern lockerten sich.

Jordì wusste, dass er recht hatte: Sie standen inmitten von Kuhweiden, Blumenwiesen und kleinen Ortschaften im Sonnenschein auf einem Schotterpfad, der zu einem der umliegenden Bauernhöfe führen würde. Egal, welchen Weg sie einschlugen: es konnte nichts passieren. Sie würden entweder auf die restliche Gruppe treffen oder den Heimweg selbst finden. Zudem waren sie zu zweit unterwegs – auch wenn genau das der Ursprung ihrer Sorgen zu sein schien.

Ein leichter Windstoß ließ den dünnen Stoff ihres Kleides, der sich in der Wärme an ihren Körper geschmiegt hatte, für einen Moment aufflattern. Der angespannte Zug um ihre Schläfen wich: „Du hast recht. Jetzt müssen wir uns nur noch entscheiden, wohin unsere Reise geht."

Jordì musste lächeln. Alle wichtigen Entscheidungen waren längst schon gefallen. Ehe er antworten konnte, tauchte ihr Kurskollege Thierry an der Weggabelung auf und radelte auf sie zu: „Da seid ihr ja! Ist etwas passiert?" Mia winkte: „Wir haben nur einen Gepäckträger verloren. Aber wir haben alles gefunden, was wir suchen." Thierry war bei ihnen angekommen und stieg ab. Mit einem

Augenzwinkern legte er seine Hand auf die Brust und straffte den Rücken. „Meine liebe Mia, ab sofort erfährst du sicheres Geleit". Die drei lachten, nahmen den Gesprächsfaden auf und setzten die Fahrt gemeinsam fort, bis sie einige Zeit später die restliche Gruppe bei ihrer Verschnaufpause im Schatten einer mächtigen Kastanie einholten.

Als alle wieder aufgesattelt die letzte Etappe des Heimwegs antraten, blieb Jordì an Mias Seite. Ein sanfter Wind strich über die Felder und streichelte ihre Haut. Sie radelten still. Die Berglandschaft zog vorbei und die Gedanken schweiften. Der Fahrtwind blies Jordì die Haare in die Stirn, als er sich zu Mia drehte und sie wortlos anlächelte.

SIE: Sprung ins Ungewisse

Schon waren die letzten Tage gekommen. Mia wollte nicht wahrhaben, dass dieser Sommer in den Bergen endete. Sie konnte sich nicht mehr vorstellen, wie ihr Leben zu Hause gewesen war; und schlimmer noch, wie es ohne Jordì in ihrer Nähe sein sollte.

Wenn sie nur daran dachte, hörte ihr Herz nicht mehr auf, sich vor Sorge zu überschlagen.

Am Abschiedsabend saß sie dann mit Jordì auf der Brüstung des Bootshauses. Sie ließen die Beine in der Luft baumeln und sprachen über so vieles: über Lebenseinstellungen, Wesenszüge und persönliche Ziele. Doch sie verschwiegen das, was beiden auf der Seele brannte.

Wie eine unsichtbare Kapsel schloss die Ungewissheit sie in diesen Stunden ein. Wie würde ihre Geschichte weitergehen?

Hin und wieder trat ein Kollege für ein kurzes Gespräch dazu, bot ein Glas Wein an oder drohte scherzhaft, sie ins kühle Nass des Sees zu befördern. Doch obwohl jeder freundlich begrüßt und ihm sofort ein Platz eingeräumt wurde, war nicht zu verkennen, dass Jordì und Mia in diesem Moment weit weg von allen anderen waren.

Schon zuvor hatten die anderen sie auf das wahrnehmbare Knistern angesprochen. Errötend ertappt und unangenehm berührt wischten sie die Andeutungen mit einem Witz oder Ablenkungsmanöver beiseite. Bereits in den vorherigen Tagen, aber mehr noch an diesem letzten Sommerabend war es offensichtlich: Etwas brannte zwischen ihnen und trennte sie von den Umstehenden. Ohne den Boden zu berühren, schwebten Mia und Jordì in ihrer eigenen Sphäre.

Als es am Glockenturm der Dorfkirche Mitternacht schlug, wendete Jordì sich unvermittelt von Mia ab. Er sprang von der Brüstung zurück auf die Terrasse und zog ungestüm sein Leinenhemd über den Kopf: „Ich gehe schwimmen. Und du?" Mia stutzte und ehe sie etwas sagen konnte, stürmte er zum Steg und stürzte sich ins Wasser.

Alle Anwesenden sahen verblüfft auf. Gemütlich in Handtücher und Decken gewickelt hatten sie bei Kerzenlicht und Rotwein vor dem Bootshaus gesessen. Jetzt aber rissen die Gespräche ab und alle beobachteten das plötzliche Geschehen.

Jordì tauchte ab und keinen Augenblick später richteten sich die Blicke auf Mia. Sie konnte die Gedanken förmlich hören: Los doch, fass dir ein Herz. Es mochte ein unerwartetes nächtliches Bad sein, aber die Erwartung lag greifbar in der Luft. Jordì schwamm in schnellen Zügen mit dem Gesicht unter Wasser zur Mitte des Sees.

Unzählige Fragen schossen durch Mias Kopf. Sie atmete tief ein und schob die einprasselnden Gedanken beiseite. Mit zitternden Fingern streifte sie ihre Kleider ab, knotete das Band ihres Bikinis straff und sprang.

Weggabelung

ER: Mut

Der stille Moment unter dem Sternenhimmel hing ihm nach. Was auch immer zu Hause wartete, dies war sein glücklichster Augenblick. Er hatte selbst nicht gewusst, was in ihn gekommen war. Aber er hatte symbolisch den ersten Schritt gemacht; und sie war gesprungen.

Alle Zweifel in seinem Kopf waren mit dem letzten Glockenschlag verstummt. Die Bilder von der Familie, dem Unternehmen, den Freunden und auch Eulàlia verblassten. Das kalte Wasser wusch den Erwartungsdruck von seinem Körper und trug Jordì davon.

Seine Großtante hatte es ihm beim Einschlafen immer ins Ohr geflüstert. „Wenn es richtig ist, dann wirst du es fühlen."

Er hatte nie verstanden, was sie damit meinte, und mit einem Mal geschah es. Das erste Mal spürte Jordì, dass etwas pulsierte und ihm unter die Haut ging. Plötzlich lag eine ruhige Tiefe in ihm und zugleich eine aufgeweckte Lebensfreude.

Der magische Moment ließ Hoffnung in ihm aufkeimen: Es gab mehr dort draußen. Das Leben war bunt und aufregend.

Nach der Begegnung mit Mia war Jordì sich sicher: Er musste sich noch nicht in Besalú in die Ahnengalerie einreihen. Das Schicksal hatte noch etwas mit ihm vor und Mia brachte den Stein endgültig ins Rollen.

SIE: Nur eine Handbreit entfernt

Nach der Rückkehr ins Konferenzzentrum schloss Mia kein Auge mehr. Sie bekam das Bild nicht aus ihren Gedanken, wie sich der Mond im Wasser spiegelte; alles war offen, aber gleichzeitig so klar. Die unausgesprochenen

Fragen waberten ohne jede Antwort durch ihren leergefegten Kopf und das Herz schlug ihr bis zum Hals. Wie konnte sie jetzt noch zurückkehren in das, was sie Alltag genannt hatte?

Mia drehte und wälzte sich. Schließlich sagte sie es sich laut vor, gebetsmühlenartig immer und immer wieder: In wenigen Stunden reiste sie zurück nach Düsseldorf. Sie war verlobt. Sie hatte mit der Frage nicht gerechnet, aber Ja gesagt. Die Weichen für die nächsten Schritte waren gestellt. Ihr Weg war gepflastert und die sommerliche Auszeit des Kurses vorbei.

Doch schon beim Gedanken an die Heimreise zog sich Mias Magen schmerzhaft zusammen. Dort hatte sich nichts verändert, aber sie war nicht mehr dieselbe. In den zeitlosen Gesprächen mit Jordì hatte sie sich frei gefühlt; als könnte sie die Flügel ausbreiten und fliegen. Wenn er sie anlächelte, war sie unvermittelt geborgen und konnte sich öffnen. Er fühlte sich an wie eine tröstliche Ewigkeit, die Mia nicht kannte.

Dabei wusste sie nicht einmal, wer er war oder was sie so unwillkürlich miteinander verband. Schlimmer noch, sie würde es womöglich nie herausfinden können.

Mia starrte eisern an die Decke und wartete, bis der Wecker zum Aufbruch klingelte. Stoisch packte sie ihre Taschen. Als sie die Zimmertür zuzog, reckte Mia kämpferisch das Kinn. Aber in ihren Augen standen Tränen.

Beim Wiedersehen am Frühstückstisch wich Mia Jordìs Blick aus. Als sie kurz darauf gemeinsam mit den Kurskollegen zum Ortsbahnhof trotteten, ging Mia aufrecht, aber sie stand neben sich. Auch Jordì sah bedrückt aus. Es waren die letzten Minuten, die sie miteinander verbringen würden, bevor sie zurückkehrten in ihre Welten; in zwei Leben ohne jeden Bezugspunkt zueinander. Vielleicht würden sie sich nie wieder begegnen.

Schon rauschten sie nach den verzauberten Tagen über die Bahngleise davon. Am nächsten großen Bahnhof würden sich die Wege trennen. In wenigen Stunden würden zwischen Jordì und ihr nicht mehr nur die abgeschmolzene Distanz der sommerlichen Seminartage liegen, sondern mehr als eintausend Kilometer. Sobald der Zug stoppte, mussten sie sich voneinander verabschieden und ihre weitere Heimreise antreten.

Mia verlor das Gefühl, zu schweben. Jordì würde schon bald in einem Flugzeug nach Barcelona durch die Wolkendecke tauchen, während sie am Boden unten zurückblieb.

Und doch stahl sich trotz der Ausweglosigkeit hier und da ein Hoffnungsschimmer in ihre Gedanken. Die unverhoffte Begegnung fühlte sich selbst jetzt nicht abgeschlossen an, sondern wie ein Anfang.

Mia blickte zur Seite. Auch Jordì schien unruhig. Er kreuzte die Finger, verschränkte die Arme und wippte mit dem Fuß. Wie ihrer wanderte auch sein Blick zum Fenster, nach draußen und im Zugabteil umher, um ihn dann flüchtig wieder zu ihr werfen zu können.

Nur der kleine Spalt des freien Mittelsitzes lag zwischen ihnen. Doch das ungewisse Wiedersehen und die Angst vor dem bevorstehenden Abschied hingen in der Luft und die wenigen Zentimeter bildeten eine unüberwindbare Barriere.

Der Schaffner kündigte den nächsten Halt an. Nach den rastlosen Bewegungen ruhte Jordìs linke Hand nun still auf dem Polster zwischen ihnen. Plötzlich lag auch Mias Hand auf der freien Fläche des durchgesessenen, kratzigen Stoffes.

Mia schaute verblüfft auf ihre eigene unwillkürliche Geste und besann sich im nächsten Augenblick: Als könnte sie einfach ihre Hand ausstrecken und auf einen beherzten Schritt hoffen. Sie zog ihren Arm eilig zurück und verschränkte die Finger beider Hände fest in ihrem Schoß, als wollte sie sie von einem weiteren Ausbrechen abhalten.

In wenigen Minuten wären die mitreißenden Sommertage vorbei. Ehe sie es sich versah, holte sie der Alltag wahrscheinlich ein und sie fiele ungefragt in den üblichen Trott. Sie würde tagein, tagaus in der früheren Normalität erwachen und das jetzige Lebensgefühl fernab der Realität würde verblassen.

Egal, wie ausweglos die Dinge schienen: Irgendwann verlief das Leben doch immer in gewohnten Bahnen weiter.

Mia war sich all dessen bewusst und sie sagte es sich immer wieder vor. Doch sie fühlte es nicht.

ER: Gleis 9

Benommen hatten sie sich von den anderen Kursteilnehmern verabschiedet. Als sie zu zweit am Gleis standen und auf Mias Zug warteten, lichtete sich der Nebel um Jordì. Er sah Mia unumwunden an, ohne den Blick für eine Sekunde oder ein Blinzeln abzuwenden. Fahrig strich sie eine Haarsträhne aus der Stirn. Ihre Augen wirkten müde und die lustigen kleinen Sommersprossen auf ihrer Stupsnase trauriger. War hier ihre Endstation? Jeden Augenblick würde Mias Zug einfahren.

Jordìs Gedanken überschlugen sich und es gelang ihm nicht, auch nur einen einzigen von ihnen zu fassen. Während der gemeinsamen Zugfahrt hatte er sich gewünscht, er könnte nach Mias Hand greifen, seine Finger mit ihren verschränken und den Moment für immer festhalten. Aber er musste zurück in seine Heimat. Dorthin band ihn inzwischen neben den bleischweren Erwartungen seiner Familie auch die politische Verbundenheit und schließlich Eulàlia.

Das Schicksal hatte es so gewollt. Weder sein Bruder noch seine Schwester konnten das Familienunternehmen übernehmen. Der Großvater setzte auf Jordì. Zunächst hatte er die Ausflüchte seines Enkelsohns toleriert und gebilligt. Sogar die Sprachkurse im Ausland hatte er finanziert. Doch unausgesprochen war immer klar gewesen, dass die Streifzüge absehbar ein Ende finden mussten.

Jordì wusste, dass das Stipendienprogramm ihm nur einen weiteren Aufschub verschafft hatte; über kurz oder lang musste er seinen Platz in der Heimat einnehmen.

Der Zug rollte ein und er schluckte. „Mia?" Sie erwiderte seinen Blick und er hatte das Gefühl, in ihren fragenden tiefgrünen Augen zu ertrinken. Sie durchschnitt die Stille. „Sehen wir uns wieder, Jordì?" Sein Mundwinkel zuckte: Er wünschte es sich. „Ich weiß es nicht, Mia."

Anders als zuvor wandten sie ihre Blicke nun keine Sekunde mehr voneinander ab. Jordì zog Mia zu sich. Sie verschmolzen für einen Augenblick der Umarmung. Jordì spürte ihren schnellen Herzschlag auf seiner Brust. Ohne darüber nachzudenken, hauchte er ihr behutsam einen Kuss auf die Wange. Mia verzog das Gesicht zu einem schmerzvollen Lächeln. Sie trat einen Schritt zurück, ergriff ihren Koffer und eilte schnellen Schrittes zur geöffneten Abteiltür, ohne sich noch einmal nach ihm umzudrehen.

Als der nächste Zug einfuhr, stand Jordì noch immer wie versteinert am Gleis.

§ 2 AUFBRUCH

Ausbrechen

SIE: Ankunft

Mia starrte auf die Anzeige. Heute wünschte sie sich: „Zug fällt aus." Doch der Anschlusszug war nur verspätet.

Was war nur passiert in diesen Tagen in den Bergen? In Düsseldorf wartete ein Leben auf sie, das plötzlich völlig fremd schien. Sie tippte eine Nachricht an Frederic, damit er nicht warten würde. Prompt klingelte ihr Handy. „Henri holt dich am Bahnhof ab, Hase. Die Gäste kommen jeden Augenblick und der Grill ist schon angefeuert." Das Sommerfest. Mia hatte völlig vergessen, dass Frederic eingeladen hatte. Der Tag war an sich perfekt: ein lauer Sommerabend im Ferienhaus direkt am Wasser. Mia hatte diese Wochenenden im Grünen geliebt. Doch jetzt wusste sie nicht, wie sie Frederic in die Augen schauen sollte.

Im Grunde war nichts geschehen. Und doch war alles anders. Mia hatte sich verliebt: Hals über Kopf in einen Fremden, ohne jeden Berührungspunkt und ohne jede Perspektive.

Am Seitenausgang des Bahnhofs wartete Henri. „Fräulein Mia", meinte er und zückte dabei scherzhaft den imaginären Hut. „Hatten Sie eine gute Reise?" Henri spielte die Rolle gekonnt, aber er war so viel mehr als ein Chauffeur. Seit Jahrzehnten schon begleitete er treu alle Familienmitglieder auf ihren Wegen, durch Höhen und Tiefen. Inzwischen gehörte auch Mia dazu.

Doch ihn verband mit Mia mehr als das. Wie Mia stammte er aus einer anderen, einfachen Welt. Henri verstand sie besser, als Frederic und seine Familie es wohl je könnten.

Auch an diesem Tag spürte Mia, wie sein wacher Blick bis in ihr Herz drang. Innerhalb von Sekunden schien Henri ihre Gedanken zu lesen. „Ruhen Sie sich doch während der Fahrt etwas aus, meine Liebe. Wie ich Sie kenne, gibt es bestimmt noch ein schnelles Bad im See, bevor die Gäste eintreffen. Und morgen sieht die Welt sowieso schon ganz anders aus." Mia drückte dankbar seine Hand und ließ sich auf die Rückbank fallen.

Aus dem Augenwinkel nahm Mia wahr, dass Henris Blick während der gesamten Fahrt immer wieder über den Rückspiegel zu ihr wanderte. Zu Recht, musste sie zugeben; es stand eine gewaltige Veränderung ins Haus. Mia hatte aus dem Bauch heraus eine Entscheidung getroffen und wusste, was sie erwartete. Sie setzte alles aufs Spiel.

ER: Eulàlias Weg

Jordì musste von Sinnen sein. Eulàlia sah ihn verständnislos an. Noch bevor die Familie ihn begrüßen konnte, stellte er sich dem kaum vorstellbaren Eingeständnis: Jordì würde und wollte den vorgezeichneten Weg nicht gehen. Weder mit Eulàlia noch ohne sie. Der Eklat mit dem Großvater stand so sicher bevor wie das Amen in der Kirche.

Eulàlia hörte geduldig zu und Jordì sprach aus, was er inzwischen sicher auf der Seele trug.

Wie eine hässliche Schliere hatte sich die Erkenntnis in den vergangenen Monaten immer sichtbarer durch das gewohnte Leben in Besalú gezogen. Wie gewohnt plätscherten die Wochen im Sommer dahin. So sollten wohl auch die Jahre ins Land ziehen. Doch während Jordìs Umwelt damit zufrieden schien, war er immer unruhiger geworden.

Die Fesseln der wachsenden Erwartungen rankten sich drosselnd um ihn. Als er zum Programmauftakt abgereist war, hatten sie bereits in sein Fleisch eingeschnitten und seinen Atem gelähmt. Die Begegnung mit Mia hatte den Stein endgültig ins Rollen gebracht: Er musste ausbrechen.

Seither tobte in Jordì ein Sturm. Er wollte das Leben nicht, das auf ihn wartete. Aber wie sollte er sich dem sicheren Schicksal entziehen? Er hatte seiner Familie alles zu verdanken und das Unternehmen brauchte ihn. Auch Eulàlia gab ihm keinerlei Grund zur Klage.

Jordì fühlte sich undankbar und treulos. Er sollte einen Platz einnehmen, der angeblich maßgeschneidert war und um den ihn so viele beneideten. Aber ausgerechnet ihm passte die zugewiesene Rolle nicht.

Als Kind war ihm der Gedanke nie gekommen, dass das unbedarfte Leben von goldenen Gitterstäben eingefasst war. Früher war die Heimat leicht und unbeschwert gewesen.

Jordì hingen die heißen Sommertage nach, die die Familiendynastie seit jeher auf dem Gutshof vorüberziehen ließ. Die Siesta nach einem guten Essen im Schatten der Platanen bei säuselndem Wind; die Annehmlichkeiten des kühlen Gemäuers der Masia.

Inzwischen wirkten selbst die vormals glücklichen Phasen auf dem Land anders auf ihn. Der bittere Beigeschmack, keine Wahl zu haben, mischte sich hinein. Das Paradies wurde zum goldenen Käfig.

Je näher Jordì der Verantwortung rückte, desto mehr machte sich eine nagende Sehnsucht breit. Er war in keiner Hinsicht bereit, sich endgültig niederzulassen. Eine Generation fehlte im Familienunternehmen. Als Folge wurde er zu früh in ein Leben genötigt, das er noch nicht führen wollte. Und wenn er in sich hineinhorchte, wusste er nicht einmal, ob es je das Richtige für ihn werden würde.

Aber Jordì war gefangen. Die Familienbande hielten ihn zurück. Gleichzeitig quälte ihn ein Lebensdurst, den er in Besalú nicht stillen konnte. Und mit Mia bekamen plötzlich alle heimlichen Sehnsüchte ein Gesicht.

Er sah Eulàlia an. Sie war der Inbegriff der Verwurzelung. Nicht nur war sie ein Landeskind; mit jedem Atemzug schlug ihr Herz für Katalonien. Auch diese Verbindung einte ihre beiden Familien. Wie sein Großvater engagierte sich auch Eulàlias Familienclan aktiv für die politischen Ziele eines unabhängigen Kataloniens. Seit ihr Vater als Bürgermeister amtierte, war das Thema allgegenwärtig auf den Straßen in ihrem Heimatdorf Estellencs.

Jordìs Großvater hegte schon lange den Wunsch, dass die Bewegung auch nach Besalú überschwappte. Dazu noch spielten die wirtschaftlichen Interessen der Unternehmerfamilien zusammen; die private Verbindung der jungen Generation war schlicht perfekt.

Als Jordìs Großvater die Kinder gemeinsam bei den Sommerfesten beobachtete, witterte er die Chance. Schließlich schickte er Eulàlia und Jordì gemeinsam zum Neujahrsball. Auch Eulàlias Eltern begrüßten die vielversprechende Perspektive. Und so standen Jordì und Eulàlia sich plötzlich auf einem Ball unbeholfen gegenüber. Keiner von beiden wusste, wie er sich verhalten sollte; aber die Erwartungen hingen in der Luft.

Jordì erinnerte sich an den Tag, als sei es gestern gewesen. Nach langem Ringen hatte er sich ein Herz gefasst und Eulàlia um den ersten Tanz gebeten. Die Konventionen saugten jede Freude auf und der steife Abend zog sich unbarmherzig dahin. Beim Abschied vor dem Elternhaus drückte Eulàlia ihm kurzerhand einen Kuss auf den Mund.

Erst hoffte Jordì, sie könnten den Abend ungeschehen machen und die Uhr zurückdrehen zur unbeschwerten Freundschaft aus Kindertagen. Doch fortan wurden sie bei sämtlichen Treffen und Festen kategorisch nebeneinandergesetzt, allein gelassen oder für allerlei Aufträge zu zweit auf den Weg geschickt. Der angestoßene Wandel hatte sich eine ganze Weile unnatürlich angefühlt; doch mit der Zeit spielten sich die Dinge ein.

Von da an durchliefen Jordì und Eulàlia ihre Lebensphasen gemeinsam; vielleicht ohne Leidenschaft, aber auch ohne Schwierigkeiten. Alles nahm seinen ruhigen und vorhersehbaren Lauf und das Umfeld wartete geduldig auf die nächsten Schritte.

Nun aber standen sie mit einem Mal vor einem Abgrund. Jordì sagte sich los.

Eulàlia hört noch immer in stoischer Ruhe zu, während Jordì sich mit bebender Stimme offenbarte. Sein Fernweh war ihr seit jeher ein Rätsel, aber kein Geheimnis geblieben. Mit Sorge hatte sie schon eine Weile seinen wachsenden Kampfgeist beobachtet: Jordì wollte ausbrechen.

Eulàlia dagegen zog es nirgendwo anders hin. Schon im Urlaub sehnte sie sich nach den bekannten Orten. Ein Leben außerhalb dieser heimischen Sphären war schlicht undenkbar. Die gemeinsame Zukunft der Königskinder hatte nicht mehr ernsthaft in Frage gestanden. Doch wenn Jordì einmal den unberechenbaren Sprung ins Ausland wagen wollte, fände Eulàlia sich in der Schwebe. Sie war sich vollkommen sicher: Sie wollte und würde die Heimat nicht verlassen. Auch wenn Jordìs Mutter damals einen solchen verrückten Zug gemacht hatte und in voller Überzeugung mit seinem Vater aufgebrochen war, konnte Jordì nicht erwarten, dass Eulàlia es ihr gleichtäte.

Nur Jordì zuliebe wäre Eulàlia von Estellencs nach Besalú gezogen. Hier lag sie jedoch schon, ihre Schmerzgrenze. Wenn sie erst einmal an Jordìs Seite wäre, stünde sie aber in einem viel weitreichenderen Zugzwang.

Schon bei seiner Abreise zum Sommerkurs hatte Eulàlia sich gefragt, ob er mit seinem Fernweh einmal einen Pfad wählen würde, den sie nicht mit ihm einschlagen wollte. An der Weggabelung zwischen ihrer Heimat und einer Zukunft mit Jordì stellten sich für Eulàlia keine Zweifel: Im Gegensatz zu ihm wusste sie genau, wohin sie gehörte.

Jordì sollte ihre sichere Zukunft nicht noch mehr ins Wanken bringen, als er es mit seinen ständigen Vorstößen bereits tat. Doch jetzt materialisierten sich die erahnten Gefahren. Dennoch spürte Eulàlia zugleich eine erleichternde Klarheit. Es lag zwar ein leichtes Leben vor ihnen, aber Jordì würde es nicht annehmen.

Eine beruhigende Einsicht stellte sich ein. Er sollte sein Glück finden, aber Eulàlia auch ihres lassen; besser also, er zog jetzt davon als später.

Als hätte er ihre Gedanken gelesen, stockte Jordì in seinem Redefluss. Eulàlia ergriff das Wort. Wer war das Mädchen, das ihm den Mut einflößte, endlich das auszusprechen, womit er schon so lange haderte?

In Jordìs Augen flackerte ein Leuchten auf, als er von Mia und den vergangenen Tagen in Österreich sprach. Eine Gewissheit machte sich in Eulàlia breit: Weder sie noch seine Familie würden ihn langfristig in der Heimat halten können.

SIE: Die Traumtänzerin

Frederic drückte ihr einen Kuss auf die Schulter. „Na, geh schon. Aber husch, die erste Runde liegt schon auf dem Grill." Mia streifte die Sandalen ab und sprang vom Steg ins Wasser. Es kühlte von außen, doch sie brannte von innen.

Noch vor wenigen Stunden hatte sie genauso ihre Bahnen gezogen, aber schwerelos im Mondschein; dazu nicht allein, sondern mit einem Unbekannten an ihrer Seite, der ihr offensichtlich den Verstand raubte.

Seit sie Frederic kannte, war Mias Leben leichter geworden. Er gab den Ton an und war verlässlich; Mia lief mit.

Seine geradlinige Art war wie ein Sicherheitsnetz um Mia gespannt und nahm Last von ihren Schultern. Sie kümmerte sich um ihr Studium und ihre Nebenjobs, ohne sich großen Fragen stellen zu müssen.

Die Begegnung mit Frederic in ihrem ersten Studiensemester brachte insoweit keine Wendung, aber Erleichterung und Bewegung.

Es war im Bistrot du Port gewesen. Mia hatte den Job als Kellnerin nach dem Tod ihrer Mutter angenommen. Diese hatte sich dagegen gesträubt, dass Mia außer ein paar Nachhilfestunden neben der Schule arbeitete; die Ausbildung verdiente den vollen Fokus. Viele Male gab es Diskussionen, ohne dass Mia durchgedrungen wäre. Lieber übernahm die Mutter eine weitere Nachtschicht, als Mia dazu beitragen zu lassen, dass sie ihre Kosten gemeinsam stemmten. Egal wie spät oder wie müde sie nach Hause kam – immer ging der erste Weg zu ihrer Tochter, um ihr zufrieden einen Kuss auf die Stirn zu drücken. Mia hatte die Wärme und Aufopferung ihrer Mutter tagein, tagaus gespürt. Sie hatte dafür zu Hause getan, was sie konnte, um die Mutter zu entlasten. Damals wusste sie noch nicht einmal, wie schlimm es bereits stand.

Dann aber war alles anders geworden. Es gab nur noch Onkel Pawel. Er versuchte zwar, Mia aufzufangen. Aber Mia sah, wie er sich dabei fühlte. Er litt darunter, dass er die Krankheit seiner Schwester nicht erkannt und sie nicht unterstützt hatte. Und wenn er Mia ansah, bohrte sich der Schmerz noch tiefer in sein Herz.

Mia wusste, dass sie von nun an auf sich alleine gestellt war. Der Nebenjob passte perfekt; er war gut bezahlt, sie war abgelenkt und machte sich unabhängig.

Onkel Pawel war einverstanden und Mia zog so noch in der Schulzeit, statt zu ihm, in ein Studentenwohnheim.

Neben den Nachhilfestunden verdiente sie sich durch das Kellnern ein gutes Zubrot und kam auch nach Studienbeginn um die Runden. Die Mittagsschichten ließen sich mit ihren Vorlesungen einrichten. Die Studienförderung brachte die Miete ein und die Trinkgelder waren für ihren sonstigen Unterhalt. Mia konnte auf eigenen Beinen stehen und fühlte den Geist ihrer Mutter.

An einem verregneten Frühlingstag kam Frederic das erste Mal ins Bistrot. Als er seinen nassen Mantel über den Stuhl legte, rutschte dieser mit dem weichen Cashmere-Schal zu Boden. Noch ehe er sich gesetzt hatte, griff Mia beides von den Marmorfliesen auf und reichte ihm mit einem Lächeln die Karte.

Frederic schmunzelte und schaute die flinke kleine Person näher an. Unmittelbar verfing er sich in den aufgeweckten, tiefgrünen Augen und dem liebenswürdigen Gesichtsausdruck. „Mit Ihnen kommt an einem Tag wie heute doch noch die Sonne hervor." Mia errötete und zählte eilig die Tagesempfehlungen auf.

In den folgenden Wochen wurde der gutaussehende Herr ein Dauergast; die Kollegen zwinkerten, wenn er hereinkam und Mia ertappte sich dabei, dass sie es bedauerte, wenn ihre Schicht endete, bevor er da gewesen war.

Einmal stand er vor dem Bistrot, als sie zum Bus gehen wollte. „Wie wäre es statt der Tagesempfehlung mit einem Spaziergang zum Eiscafé?"

Seither hatten sich nicht mehr viele Fragen gestellt.

Nun aber winkte Frederic ihr vom Steg zu und sie wusste nicht mehr, wo oben oder unten war.

Mia tauchte ab und zog die letzte Runde unter Wasser.

ER: Schwarz oder grau

„Schwarz", wisperte Jordì, als die Türe mit einem Knacken ins Schloss fiel. Er hielt den Atem an, bis Eulàlias federnde Schritte auf dem gekachelten Flur verklungen waren und horchte in die Stille.

Auf Drängen der fassungslosen Familien hatte Eulàlia ihm eine Bedenkzeit eingeräumt. Er sollte herausfinden, ob er für ihre gemeinsame Perspektive schon schwarzsah oder einen Grauton, der noch zu retten war; noch sei es nicht zu spät.

Eulàlia wirkte nicht, als ob sie selbst daran glaubte, und Jordì wusste nicht, ob er die absehbaren Umbrüche überhaupt noch aufhalten konnte, selbst wenn er wollte.

Langsam sackte die Erkenntnis, welche Auswirkungen die Entscheidung nicht nur für ihn, sondern für das gesamte Umfeld und vor allem die Familien haben würde.

Zunehmend kristallisierte sich heraus, dass Jordì nicht nur im Affekt einer jugendlichen Laune folgte, sondern es ihm ernst war. Der Familien- und Freundeskreis war in Aufruhr.

Jordì hatte die Konsequenzen ausgeblendet; doch würde sein Großvater ihm vergeben und konnte er schlimmstenfalls ohne den familiären und sozialen Rückhalt bestehen?

Eine Welle der Panik stieg in Jordì auf. Eine solche Konfrontation hatte es zwischen Großvater und Enkel noch nie gegeben und sein Handeln besaß Sprengkraft; es tangierte die gesamte Großfamilie und das ganze Dorf würde darüber reden.

Jordì legte sich flach auf den harten Holzboden und richtete seinen Blick starr auf die gebeizte, weiße Decke. Er zog das große Kissen vom Sessel auf seine Brust und drückte die Fingerkuppen tief hinein. Er hielt sich fest und atmete flach, um sich nicht in der betäubenden Stille zu verlieren.

SIE: Abstieg

Frederic zog eine Augenbraue hoch. „Ein Spanier?"

Mia – aus dem Nichts verliebt in einen Kurskollegen, den sie kaum eine Woche lang kannte. Frederic schüttelte den Kopf. Das Geständnis über das unvorhergesehene und überwältigende Bauchgefühl passte überhaupt nicht zu ihrer kontrollierten Art.

Nachsichtig tätschelte Frederic Mias Hand. Sie aber sah ihn entgeistert an. Wie konnte das seine Reaktion sein?

Frederic war sich sicher, dass sie zur Vernunft käme. Seit ihrer Ankunft wirkte Mia aufgelöst und verwirrt. Bestimmt hatte sie kalte Füße wegen der Verlobung bekommen. Er bedauerte, dass er sie überrumpelt hatte. Wahrscheinlich war der Schritt für sie zu früh gekommen. Mia war kaum erwachsen und strampelte sich neben zahlreichen Nebenjobs durch ein Studium, was sie ohnehin nicht brauchen würde.

Frederic war die Andeutungen aus seinem Umfeld leid gewesen. Zwar war er deutlich älter als sie und geschieden. Aber Mia war für ihn nicht nur ein netter Zeitvertreib. Auch die sozialen Klassenunterschiede interessierten ihn nicht. Mia war nicht die hübsche kleine Kellnerin, die ihm den

Kopf verdreht hatte; sie würde die Frau an seiner Seite werden. Und anders, als er es bereits erlebt hatte, würde sie dabei die Bodenhaftung nicht verlieren.

Dass Mia gerade nach dem Ausflug in die studentische Welt zurückschreckte, war verständlich. Sie war jung, hatte keine einfache Kindheit gehabt und fand sich plötzlich in einem Erwachsenenleben, für das sie womöglich noch nicht bereit war. Dazu noch spielte seine Welt nach anderen Regeln. Frederic konnte nicht leugnen, dass Mia wegen ihres einfachen Hintergrunds oft belächelt wurde. Sie war immer charmant und adrett, aber sie kannte die Gepflogenheiten des gesellschaftlichen Parketts nicht. Auch Frederic schätzte dieses Minenfeld eigentümlicher Spielregeln nicht. Gerade in diesen Momenten war er froh, Mia mit ihrer natürlichen Ausstrahlung neben sich zu wissen. Im Gegensatz zu ihr war er aber in dieser Welt aufgewachsen und wusste zumindest die Schachzüge richtig zu setzen.

Verübeln konnte er Mia den Fluchtinstinkt vor diesem Hintergrund nicht. Doch was sie als schillernden Ausweg ansah, konnte in der Realität schlicht keiner sein.

Das südländische Abenteuer würde keinen Bestand haben, daran bestand für Frederic kein Zweifel. Über kurz oder lang würde Mia sich besinnen oder aus ihrem Traum erwachen müssen.

Das erste Treffen

SIE: Mit dem Herzen in der Hand

Wie oft hatte Mia an diesem Vormittag kritisch in den Spiegel geschaut. Sie zerrte ein Kleidungsstück aus dem Schrank. Kaum hatte sie es an, zog sie es wieder aus und wühlte in ihrem Koffer nach etwas anderem. Das Spiel wiederholte sich im Minutentakt. Dazwischen prüfte sie den Flugstatus und die Bordkarte und blätterte ihr Portemonnaie durch, ob der Personalausweis auch wirklich an der richtigen Stelle steckte.

Endlich war es Zeit, den Weg zum Flughafen anzutreten. Erleichtert griff Mia nach ihrem kleinen Köfferchen: „Das Glück ist mit den Mutigen."

Obwohl sie die Route zum Bahnhof in- und auswendig kannte, zögerte sie an jeder Weggabelung. Wie durch einen dichten Nebel nahm sie ihre Umwelt nur verschwommen wahr. Als sie schließlich am Flughafen ankam, konnte sie sich nicht erinnern, wer ihren Weg gekreuzt hatte und mit welchen Bahnen und Bussen sie gefahren war.

Du bist verrückt, vollkommen verrückt, hallte es in ihrem Kopf wie ein Echo wider. So impulsiv hatte sie noch nie gehandelt. Sie flog zu jemandem, den sie nur von ein paar verwunschenen Sommertagen in den Bergen kannte – schlimmer noch, mit dem sie keine Minute allein verbringen konnte, ohne dass sich ihr Herz überschlug. Sie hatte ihre Zelte bei Frederic abgebrochen und die gewohnten Strukturen gesprengt für jemanden, von dem sie fast nichts wusste, und für den sie trotzdem alles aufs Spiel zu setzen bereit war. Ob es kopflos oder mutig war, würde sich bald zeigen.

Sie atmete tief durch, rief sich das Mantra dieser Wochen in den Kopf und hielt sich daran fest: Das Glück ist mit den Mutigen. Dieses eine Mal würde sie auf ihren Bauch hören und sehen, wohin das Leben sie führte.

Die Aufregung stand ihr ins Gesicht geschrieben. Schon vor dem Start erkundigte sich der Steward, ob es ihr gut ginge. Mia nickte matt und fächerte sich mit der Karte der Sicherheitsinformationen Luft zu: Vielleicht war dies die eine Chance im Leben, die es nicht zu verpassen galt. Bislang war sie ihrer Mutter, Frederic oder ihrem Verstand gefolgt. Sie begehrte nicht launisch auf, sondern handelte loyal und bedacht. Jetzt befand sie sich dagegen über den Wolken auf einer Reise ins Ungewisse.

Als sie abhoben und die schwere Maschine den Kontakt zum Boden verlor, löste sich ein Knoten in Mias Brust. Es gab kein Zurück mehr. Sie horchte in sich hinein und spürte, dass die Sorgen abfielen und sie sich auf das freute, was vor ihr lag. Nach den vergangenen schlaflosen Nächten nickte Mia erschöpft ein.

Als die baldige Landung angekündigt wurde, schreckte sie hoch. Mia konnte die Konturen der dicht besiedelten Stadt und die Meeresküste schon erkennen. Mit dem Anflug auf Barcelona kehrte die Nervosität zurück. Als das Flugzeug schließlich auf der Landebahn aufsetzte, wurde ihr flau im Magen: Wahrscheinlich wartete Jordì schon auf sie. In wenigen Augenblicken würden sie sich das erste Mal gezielt begegnen: frei von vormaligen Beziehungen, ohne Kurse und Verpflichtungen. Doch was erwartete sie?

Bedächtig setzte Mia einen Schritt vor den anderen: Kopf hoch, Brust raus und keine Angst. Wenn sie sich getäuscht hatte, könnte sie noch am selben Tag wieder abreisen; die Flieger starteten fast stündlich. Jedenfalls würde sie nach den aufgewühlten Wochen endlich herausfinden, ob ihr Bauch ihr einen Streich gespielt hatte oder die intuitive Anziehung ihre Berechtigung fände.

Mia fokussierte auf ihren Atem und trottete blind in der Menge. Die Traube der Reisenden schob sie an den Gepäckbändern vorbei zum Ausgang und noch bevor diese sich in der Empfangshalle zerstreute, spürte sie ihn. Dort hinten an der vorletzten Säule lehnte er: in kurzen Jeans und einem weißen, hochgekrempelten Hemd, sonnengebräunt, ein Bein auf Kniehöhe angehoben und abgewinkelt, der rechte Fuß lässig an die Säule gedrückt; mit dem Handy in der Hand und den Retro-Kopfhörern auf den Ohren. Ein aufgeregtes Prickeln breitete sich in ihrem ganzen Körper aus.

ER: Flirrende Luft

Nervös wippte er von einem Fuß auf den anderen. Jeden Augenblick müsste sie herauskommen. Bei jeder Bewegung der automatischen Schiebetür zuckte er zusammen. Und jedes Mal sprudelte nur ein Pulk von unbekannten Menschen hervor: Touristen, Kinder, Geschäftsreisende, Familien. Jordì setzte die Kopfhörer auf und warf seine Lieblings-Playliste an. Gegen die kühle Steinsäule gelehnt versuchte er, sein klopfendes Herz unter Kontrolle zu halten. Als es einen Sprung machte, sah er hoch. Da war sie. Sie hatte das olivgrüne Kleid an und die bronzefarbene Kette, die er aus den Tagen in den Bergen kannte. Um ihr Handgelenk waren mehrere bunte Armbänder gewickelt und sie zog einen kleinen türkisfarbenen Koffer neben sich her. Er richtete sich auf und zog die Kopfhörer ab. Schon stand sie wenige Schritte vor ihm. Er hatte vergessen oder verdrängt, wie grün ihre Augen waren.

Sie lächelte und Jordìs Atem stockte. Stundenlang hatte er mit seinem Bruder Jaume debattiert und beraten, wie er sie begrüßen sollte. Ein Kuss zu viel, eine Umarmung zu wenig.

So viele Sätze hatten sie für einen lockeren Einstieg geprobt und jetzt fehlte ihm jedes Wort.

Er schaute in ihr strahlendes Gesicht, breitete die Arme aus und trat bis auf den letzten Schritt an sie heran. Sein Herz pochte so stark, dass es aus seiner Brust zu springen schien. Jeden Abend hatte er sich ihre Ankunft ausgemalt und doch überwältigte ihn dieser Moment. Auf eine unglaubliche Weise war sie wahrhaftig da: Mia stand vor ihm in Fleisch und Blut, hier in seiner Welt. Sie war allein seinetwegen da, anstatt als zufällige Kurskollegin, deren Nähe er geschickt suchen musste.

Nach den bewegten Wochen fanden sie sich wieder, Arm in Arm am menschenüberlaufenen Flughafen in Barcelona, und die Welt stand still.

SIE: Lebensgefühl

Die Tage verflogen und ein unvergesslicher Augenblick reihte sich an den nächsten. Sie sogen einander auf: jedes Wort, jedes Lächeln, jede Berührung. Egal, ob sie Hand in Hand durch die Altstadt schlenderten, der Roller sie zum Strand der Barceloneta durch den chaotischen Stadtverkehr trug oder sie nebeneinander wie Engel einschliefen: Mia war glückselig und fühlte sich wie neugeboren.

Mit Jordì schwebte sie über dem Boden, lachte aus vollem Herzen und empfand sich weicher und stärker zugleich. Weit weg in der Ferne lag ein altes, sonderbar fremd wirkendes Leben. Die Zweifel, die sie in den vielen schlaflosen Nächten vor der Abreise geplagt hatten, verflüchtigten sich in seiner Nähe, als hätte es sie nie gegeben. Die Angst vor dem radikalen Umbruch wich und das Zusammensein trat eine Welle in Mia los. Statt des disziplinierten und geradlinigen Alltagslebens und den vergangenen sorgenvollen Wochen nach dem Kennenlernen in Österreich trug Mia nun ein unbekanntes Lebensgefühl davon.

Berauscht von den bunten Eindrücken erfuhr sie sich selbst: Sie spürte, wie sehr sie sich nach einer spielerischen Leichtigkeit gesehnt hatte, und sie nahm die dicken Schutzwälle wahr, die sie um ihr Innerstes errichtet hatte.

Auf unerklärliche Weise fühlte sie sich in Jordìs Gegenwart geborgen. Anders als sonst ließ sie es geschehen.

Sie tauchte ein in die liebevolle Wärme und wagte sich aus ihrem emotionalen Versteck. Jordì durfte hinter die Fassade sehen, die ihre Einsamkeit und Sehnsüchte versteckte.

Mit einem Mal war Mia echt: Mit Jordì nahm sie keine Rolle ein, die sie spielen musste; es gab keine Erwartungen zu erfüllen.

Mia stand vielmehr in Barcelona mitten im Leben – auf tönernen Füßen, aber unerschütterlich.

Wie in einem Rausch verflog die Zeit und viel zu schnell kam der Tag des Rückflugs. Nach und nach realisierte Mia auf der Heimreise, wie sich ihr Leben umgekrempelt hatte. Die Stunden des gemeinsamen Glücks hingen ihr nach und sie ging mit ihren Lebensvorstellungen ins Gericht. War das nicht das lebenswerte Leben, dem jedes zögernde Bedenken weichen sollte? Mia sezierte ihren farblos gewordenen Alltag. Vielleicht konnte sie ihre Aufgaben leichter nehmen und einige der stählernen Gerüste der Alltagsstruktur aufbiegen?

Unverhofft lachte sie das Leben aus Jordìs Gesicht an. Womöglich musste sie nur beherzt die Chance ergreifen, die ihr das Schicksal bot. Die ansteckende Lebensfreude sollte Einzug erhalten und das eintönige Pflichtbewusstsein durchbrechen.

ER: Puzzleteile

Nie hätte er gedacht, dass sie so reibungslos miteinander harmonieren würden. Von seinen vielen Ideen setzten sie nur wenige Unternehmungen um. Jordì fühlte, dass sie weder Ausflüge noch besondere Sehenswürdigkeiten brauchten. Sie waren sich selbst genug.

In diesen Tagen lernte er nicht nur Mia besser kennen, sondern auch sich selbst. Mit ihr horchte er in sich hinein und nahm seine eigenen Konturen wahr. Er traute sich, seine geheimsten Träume auszusprechen, ohne sich töricht zu fühlen; er offenbarte seine Schwächen und Ängste und ließ sich in ihren Armen fallen. Wenn Mia ihn anlächelte, fühlte Jordì sich nicht mehr unvollkommen und eingespannt, sondern innerlich ruhig und angekommen. Als sei er endlich mit sich im Reinen.

Er konnte sich nicht erklären, woher die unvermittelte Vertrautheit kam; aber ab der ersten Sekunde war sie da gewesen.

Als sie am letzten Abend in Barcelona mit der Seilbahn auf den Montjuïc zu einem Festival über den Dächern der Stadt fuhren und die Musik in den Sonnenuntergang hallte, schweiften Jordìs Gedanken in die Zukunft. Das Leben konnte so geballt sein, wenn er Mia an seiner Seite wüsste. Mit ihr wäre er nicht an die Region gekettet, sondern könnte sein Glück in der weiten Welt suchen. Gemeinsam könnten sie das Leben aufsaugen, spontan sein, Spaß haben und dennoch die großen Herausforderungen in einer internationalen Berufswelt meistern. Sie hätten ineinander einen sicheren Hafen und ein Zuhause. So könnten sie die Zelte überall aufschlagen, wo es ihnen gefiel.

Offenbar konnte ausgerechnet die sanfte und zarte Mia sein Fels in der Brandung sein. Auf unerklärliche Weise strahlte sie für Jordì eine verlässliche Größe aus. Sie übermittelte eine ungebrochene Energie und war ihm sachliche Kritikerin und einfühlsame Gesprächspartnerin zugleich.

Mia urteilte nicht über sein Fernweh oder seine Träume; sie hörte zu und bestärkte ihn. Anders als sein heimisches Umfeld hatte sie nicht die feste Vorstellung im Kopf, wo er hingehörte, und der Sprung ins Unbekannte war ihr nicht fremd. Mit ihrem liebevollen Optimismus nahm sie Jordì eine riesige Last von den Schultern.

Gleichzeitig ließ die standfeste Mia nach einem schweren Thema im nächsten Moment die ernste Miene fallen. Ohne Dünkel und ohne jede Berührungsangst lief sie durch die schlechtesten Viertel der Stadt, amüsierte sich mit einem abgestandenen Bier aus Plastikbechern auf einem Straßenfest oder tanzte mit Jordì inmitten der Drogenszene der Stadt in die Nacht, als wäre es ihre letzte.

Jordì sah völlig unterschiedliche Seiten, die sich in einer faszinierenden kleinen Person vereinten. Nach außen wirkte Mia zäh und lebensfroh. Doch Jordì hatte den Eindruck, dass er in den empfindsamen Momenten in ihre Seele schauen durfte. Er wusste, dass sich dort ein dunkler Schatten verbarg. Mia sprach nicht über ihre Eltern und von sich aus wollte Jordì das schwere Thema nicht aufbringen. Er wusste, dass es nur noch ihren Onkel gab. Auch er war ohne Vater aufgewachsen; aber sie waren immer eine Großfamilie gewesen. Schon wenn er sich ein Leben ohne seine Mutter, den Großvater oder die Geschwister vorzustellen versuchte, schnürte sich seine Kehle zu. War er womöglich Mias Zuhause? Ausgerechnet sie schien jedenfalls genau das für ihn zu sein auf einer zuvor unbekannten, metaphysischen Ebene.

Als die Musik am Montjuïc verstummte, brachen sie auf. An der Straßenecke nahmen sie an einer schäbigen Bude für den Heimweg ein Falafel-Sandwich mit und Mia sprudelte noch immer vor Begeisterung über das einzigartige Sommergefühl unbeschwerter Freiheit.

Jordì legte den Arm um sie und lächelte still in sich hinein. Schon nach den wenigen gemeinsamen Tagen sah er sie in kräftigeren Farben und noch schöner als zuvor. Und sie gehörte zu ihm. Nie hätte Jordì gedacht, dass er sich jemals mit einem anderen Menschen so verbunden fühlen könnte. Dazu noch stammten Mia und er aus so unterschiedlichen Welten.

Wie Puzzleteile, dachte er, als sie mit ihren triefenden Sandwiches in die Bahn stiegen; wie viele kleine Puzzleteile, die trotz verschiedener Formen aus einem Holz geschnitzt sind und sich nahtlos zu einem vollständigen Ganzen verzahnen.

Gebrochene Erwartungen

SIE: Kopflos

Pawel schüttelte voller Unverständnis den Kopf. „Verstehst du mich denn gar nicht?" Mia sah ihn flehend an.

Sein Gesicht blieb versteinert. Mia senkte ihre Augen, um dem enttäuschten Blick des Onkels zu entgehen.

Ein tiefes Pflichtbewusstsein hatte ihre gesamte Kindheit und Jugend durchzogen. Schon als kleines Mädchen war es Mia nicht verborgen geblieben, dass ihre Mutter mit allen Kräften versuchte, sich und ihre kleine Tochter nach der Flucht nach Deutschland für ein besseres Leben durchzubringen. Für Mia war es seit jeher selbstverständlich und natürlich gewesen, sich zu fügen und sich zu bemühen, dem Willen der Mutter bestmöglich gerecht zu werden, wenn diese schon alles für sie tat. Die Erziehung hatte keiner

Strenge bedurft, aber auch keiner eigenen Entscheidungen der Tochter. In Frage gestellt hatte Mia das nie.

Stets hatte sie sich angestrengt, den Erwartungen gerecht zu werden. Denen der Mutter, ihres Onkels oder denen von Frederic. Folgsam und geduldig setzte sie einen Schritt vor den nächsten; sie jammerte nicht, biss im Zweifel die Zähne zusammen und passte sich an.

Nachdem Mia zwischenzeitlich blind und führungslos hin und her gestolpert war, übernahm Frederic das Steuerbord, als er in ihr Leben trat. Wie die Mutter gab er Struktur und Orientierung; er zeigte den Weg. Mia fühlte sich damit im Grunde wohler und wärmer.

Tief verbannt und verschlossen schlummerten sie gleichwohl weiter, die vielen Kindheitsträume, Sehnsüchte und Erinnerungen. Da war das Lachen ihrer Mutter, die Vorstellung von einem starken, bärtigen Vater und liebenden Großeltern; ein schelmischer Beagle als fröhlicher vierbeiniger Wegbegleiter; das Malen und Handwerken und ihre selbstgeknüpften Armbänder. Das Bild einer großen, warmherzigen Familie von Fröhlichkeit und

Zusammenhalt; ohne Leistungsdruck und Erwartungen, ohne Karriereziele und gesellschaftlichen Aufstieg.

All das verbarg Mia tief in ihrem Inneren hinter dicken Schutzwällen – bis unerwartet Jordì auftauchte und den Staub vergessener Träume aufwirbelte. Die Begegnung stieß etwas Grundlegendes in Mia an. Seit Langem kratzte es an der Oberfläche, unter der viel mehr noch schlummerte. Die verborgenen Wünsche und Sehnsüchte meldeten sich zu Wort und schienen plötzlich greifbar.

Es war, als hätte Jordì Mia den Boden unter den Füßen weggezogen und ihr damit eine Chance gegeben. Mias Leben stand Kopf und sie hatte keine Wahl; sie musste es aktiv in die Hand nehmen. Dabei könnte sie es neu entwerfen und erstmals wirklich frei gestalten. Nachdem die alten Strukturen aufgebrochen waren, würde sie sich nicht mehr unbemerkt auf den scheinbar vorgegebenen Bahnen vorantreiben lassen.

Die Begegnung rüttelte Mia auf. Nie hatte sie sich gefragt, wessen Vorstellungen sie hinterherhechtete. Doch nun begehrte etwas in ihr auf: Sie war nicht nur Tochter oder Nichte, erst recht nicht jemandes Hase.

Sie war sie selbst und durfte herausfinden, was sie ausmachte und wofür sie brannte. Ohne es zu wissen, hatte Jordì hierfür die Türen aufgestoßen.

Onkel Pawel verstand das offenbar nicht. Was war mit ihren Zielen und Wünschen? Offenbar zählte das nicht. Mias Widerworte prallten ab und ihre Stimme versagte.

Frederic hatte ihren Onkel besucht und Pawel war überzeugt. Auch Frederics Familie und der vormalige Freundeskreis redeten geschlossen auf sie ein; selbst Henri. Niemand konnte ihren Sinneswandel verstehen; jeder hoffte darauf, dass sie zur Vernunft käme, oder machte sich Sorgen.

Mia stieß an eine gläserne Decke. Wie eine unsichtbare Blockade bremste ihr Umfeld sie aus, wie sie es zuvor von selbst getan hatte. Es schien, als wäre es ihre einzige Aufgabe, Karriere und eine gute Partie zu machen.

Es tat ihr leid, dass sie die Verlobung gelöst hatte und damit so viele Erwartungen enttäuschte. Aber Mia war sich sicher: Mit der Reise nach Barcelona hatte sie den ersten Schritt in die richtige Richtung unternommen.

Nach der Begegnung mit Jordì blieb ihr ohnehin keine Wahl. Sie hatte sich grundlegend verändert und es führte kein Weg mehr zurück.

ER: Der Goldjunge

Nein, es konnte und durfte nicht sein. Baptiste schäumte vor Wut und Enttäuschung. Alles, was er in die Familie und in die Zukunft seines jüngsten Enkelsohns gesteckt hatte, so viel Liebe und aufopfernde Unterstützung in jeder Lebenslage, all das war Jordì keinen Funken der Loyalität wert?

Jordìs Potenzial sollte sicher nicht wegen eines dahergelaufenen Mädchens im kalten Deutschland versiegen. Hier bei ihnen konnte und würde er hingegen Großes bewirken, dessen war sich Baptiste sicher.

Das Unternehmen wartete auf seinen Nachfolger; über Generationen hatte es der Familie Ansehen und ein gutes Auskommen beschert. Seit der Rückkehr in die Heimat als Kleinkind war Jordì nicht nur im Wohlstand aufgewachsen, sondern in der Gewissheit, sorgenfrei das Erbe seiner Vorfahren antreten zu können. Noch hatte Baptiste die Zügel in der Hand, aber unter seiner Schule würde Jordì in das Geschäft hineinwachsen und die Tradition eigenständig fortsetzen können. Die Situation war zudem alternativlos. Außer Jordì stand kein geeigneter Nachfolger bereit.

Die Rolle passte dem jüngsten Familienspross außerdem. Die Belegschaft liebte Jordì seit jeher. Schon als Kind war er durch die Hallen gesprungen, hatte mit dem Urgestein der Mitarbeiter die Mittagspause im Innenhof verbracht und stolz beim Verladen der Baustoffe mitangepackt, so gut es seine kleinen Ärmchen schafften. An den Weihnachtsfesten schüttelte er warmherzig alle Hände und erkundigte sich mit ehrlichem Interesse nach den Familien. Er strahlte eine natürliche Aura der Sympathie aus, mit der er selbst das härteste Herz erweichte.

Mit dieser Energie könnte ein gesetzter und entschlossener Jordì nicht nur das Unternehmen souverän führen, sondern auch den katalanischen Traum vorantreiben, den die Landsmänner geeint in sich trugen. Baptiste hoffte, dass es der nächsten Generation gelingen würde, Katalonien in die lang ersehnte Unabhängigkeit zu führen. Wirtschaft und Politik überschnitten sich in ihrer Region, seit Baptiste denken konnte; Jordì verfügte über das nötige Netzwerk, eine namhafte Herkunft und die gesellschaftliche Position, um etwas zu bewegen. Dazu kam Eulàlias Familie, die die Bewegung bereits entscheidend vorantrieb und in Estellencs und Vic die ersten großen Erfolge verzeichnete.

Der Krisenherd glomm seit Jahrhunderten. Nun begehrte Katalonien einmal wieder entschlossen auf. In Baptiste rebellierte der Nationalstolz; die spanische Zentralregierung führte die Provinz unnachgiebig und mit zu harter Hand. Der Unmut in der Bevölkerung wuchs zunehmend; murrend hingenommene Erhöhungen der Steuern, neue Schlaglöcher in den maroden Straßen und jede widerwillig entrichtete Mautgebühr hinterließen ihre Spuren. Je herrischer die spanische Linie verfolgt wurde und je abfälliger die Bestrebung der katalanischen Separatisten abgetan wurde, desto rauer wurde der Ton. Der Ruf nach Unabhängigkeit tönte immer lauter.

Für Baptiste stand fest, dass die aktuelle Situation keinen Bestand haben konnte. Historisch gewachsen waren die Katalanen ein stolzes Volk. Selbst die eigene Muttersprache hatte man ihnen verboten; Baptiste erinnerte sich zu gut an die Jahre, als ihre Wortmelodien nur im Geheimen in den eigenen vier Wänden widerhallten. Doch selbst wenn man es ihnen absprechen wollte: Weder die Daseinsberechtigung noch die Identität hatte und würde man ihnen je nehmen können.

Katalonien hatte im politischen und finanziellen Machtspiel zunehmend Eigenständigkeit gewonnen; aber angekommen waren sie noch nicht. Sie würden sich nicht weiter geringschätzig behandeln oder finanziell ausnutzen lassen.

Baptiste schien es, als sei die autonome Region unentbehrlich und verhasst zugleich. Im Gegensatz zum übrigen Spanien ging es ihrer Wirtschaft gut; selbst die zersetzende Jugendarbeitslosigkeit war bei ihnen verschwindend gering. Als Handelsstadt war Barcelona seit Jahrhunderten ein wichtiges Wirtschaftszentrum gewesen und die kleineren Städte im Norden wie Girona und Vic fußten auf einem soliden Mittelstand. Als Geschäftsmann verstand er die Logik; als Katalane begehrte er auf.

Und die Bewegung nahm Fahrt auf. Umso wichtiger war es, dass Jordì für seine Heimat einstand, anstatt ihr den Rücken zu kehren.

Baptiste war stolz auf seinen gescheiten jüngsten Enkelsohn, der schon früh ein Gespür für den schwelenden Konflikt entwickelt hatte. Es war eine lange Geschichte von gekränktem Stolz und Unterdrückung, die sie auch jetzt zum Aufbruch rief. Bereits als Kind war Jordì den Diskussionen über die jüngsten politischen Entwicklungen aufmerksam gefolgt und hatte beim Zubettgehen in kindlich unverblümter Offenheit nach dem Warum und der Gerechtigkeit gefragt.

Baptiste sah in Jordì schon in dessen Kinderschuhen Großes. Der Eindruck verstärkte sich, je mehr dieser zu einem stattlichen jungen Mann heranreifte. In seinem natürlichen Auftreten vereinten sich Eigenschaften, die Türen öffneten und für ihn spielten. Nicht nur war er gebildet, aber bescheiden; er war zugleich gutaussehend und unverbraucht in seinen Idealen. Die charismatische Ausstrahlung, gepaart mit einer unbedarften Beweglichkeit, sprach für ihn. Zugleich zeugten seine durchdringenden stahlblauen Augen von Durchsetzungskraft und Stärke.

Einzig die sprunghaften und weichen Züge, die Jordì von seinen Eltern geerbt haben musste, bereiteten Baptiste Sorge. Eine Generation war offensichtlich übersprungen worden; so würde Baptiste keines seiner Kinder, sondern erst seinen Enkel zu einer der führenden Persönlichkeiten Kataloniens machen.

Baptiste wusste, dass er die gehegten politischen Visionen zeitlebens nicht mehr aus eigener Kraft würde umsetzen können. Aber die entscheidenden Grundsteine waren in der Region gelegt; die Wege für die nationalen Ziele eines unabhängigen Kataloniens waren geebnet.

Seine eigenen Tage waren gezählt. Doch mit seinem jüngsten Enkelsohn übergab Baptiste Katalonien einen Hoffnungsträger. Die Perspektive verschaffte ihm eine innere Ruhe.

Vor allem aber würde er nach den bitteren Erfahrungen mit seiner Tochter nicht noch einmal zusehen, wie einer seiner Nachfahren wegen einer vergänglichen Liebschaft vom Weg abkäme.

Baptiste war sich sicher: Unter der großväterlichen Führung würde Jordì seine Berufung finden. Er besaß die entscheidenden Qualitäten, die auch Baptiste den Weg gebahnt hatten, und in seinen Adern pochte katalanisches Blut.

Luftschlösser

SIE: Parallelwelt

„Schau Mia, neben dem großen Schwimmteich ist der Pavillon – mit einem hohen gläsernen Dach und gusseisernen Streben. In der Mitte steht ein großer Esstisch und für dich eine Staffelei zum Malen. Die Ferien verbringen wir dort oder wir reisen durch die Welt." Sie blinzelte und lächelte. Nicht einmal das würden sie brauchen, geschweige denn das Landgut der Großtante oder ein Gartenhaus. Die Vorstellung, an einem Ort zu Hause und willkommen zu sein, war alles, was Mia sich wünschte.

Irgendwann würden Jordì und sie existieren; dann gäbe es gemeinsame Freunde und eine Familie, die sie akzeptierte und ein Paar sein ließe.

Noch aber hechteten sie von einem Lichtblick zum anderen. Mia spürte, dass Jordì wie sie selbst versuchte, die festgefahrene Lage mit schönen Bildern zu verdecken. Kurz vor Weihnachten entschloss sich Mia, zumindest mehr Licht in ihr Spiel zwischen den verschwimmenden Schatten zu bringen. Die getrennten Feiertage standen bevor und so griff Mia nach einem Stern. Für ein paar Stunden würden sie sich vorher noch gemeinsam davonstehlen.

Nach dem Abendessen packte Mia eine kleine Tasche und Jordì sah ihr verwundert zu. Mia verriet das Ziel nicht und verzog keine Miene. Selbst unter wiederholten Fragen, Kitzelattacken und zahlreichen Küssen wurde sie nicht weich. Nur verschmitzt lächelte sie ihn an: „Es wird dir gefallen."

Als um fünf Uhr morgens ihre Wecker um die Wette klingelten, beugte sich Mia zu Jordì hinüber, der noch schlaftrunken blinzelte: „Aufstehen, Monsieur, wir fahren nach Paris!" Jordì war mit einem Schlag hellwach: Noch nie war er dort gewesen und oft hatte er sich die Spaziergänge auf den Champs-Elysées, die Touristenströme unter den Streben des Eiffelturms und die Schlangen vor dem Louvre ausgemalt. Wie Mia kannte er so viele Orte nicht, weil sie die Ferien meist auf dem Landhaus verbrachten. Also hatten Mia und er sich versprochen, gemeinsam Europa und dann die ganze Welt zu erkunden. Nach und nach würden sie die schönsten Ziele miteinander kennenlernen. Und schon jetzt so kurz vor den Feiertagen ein spontaner Kurzausflug nach Paris?

Er umarmte sie ungestüm, woraufhin Mia auf seine Brust fiel und lachte. „On y va. Montmartre wartet und unsere Pension liegt auf der Île de la Cité bei Notre Dame. Aber abends müssen wir zum beleuchteten Eiffelturm, er glitzert jede Stunde!" Jordì strich ihr die Haarsträhnen aus der Stirn. „Du bist einfach wunderbar, Mia."

Schon am frühen Vormittag trafen sie am Gare du Nord ein und Mia schickte sie aus dem Bauch heraus mit einem Zwinkern in eine beliebige Richtung. Jordì griff zur Orientierung nach seinem Handy. Als er auf dem

Bildschirm seinen eigenen Standort inmitten der klangvollen umliegenden Straßennamen sah, hielt er inne: Er war in Paris, mit Mia zusammen, wenige Tage vor Weihnachten an einem Dienstag. Es war absurd und wunderbar zugleich. Hätte er sich das jemals vorstellen können?

„Aber Jordì, schau doch mal. Diese Ecke sieht so aus, als gäbe es hier unser heutiges Frühstück!" Und schon stiegen sie über eine schmale Wendeltreppe in die zweite Etage eines verwinkelten französischen Cafés. Vom urigen Wintergarten aus, durch dünne Glasscheiben und unter Wärmestrahlern an der Decke, beobachteten sie wohlig warm das rege Straßentreiben unter ihnen. Sie bestellten Café au Lait und ließen sich von der Theke im Erdgeschoss über den altmodischen Tellerlift die besten Croissants schicken, die Jordì je gekostet hatte.

Er sah Mia an und fühlte sich zutiefst glücklich. Dort draußen wartete noch so viel auf sie; unzählige Orte, die sie gemeinsam entdecken konnten, und zahlreiche Abenteuer zu bestehen.

Trotz der tiefen Ruhe und Entspannung spürte Jordì zugleich ein angenehm aufgeregtes Kribbeln in seinem Bauch. Das war sie wohl, seine Frau fürs Leben.

ER: Blutsbande

Baptiste sorgte sich. Jordì durfte weder die Familie noch seine Heimat im Stich lassen. Sie brauchten ihn.

Er verstand nicht, was seinen Enkelsohn davonzog. Baptiste mochte die Reisen ins Ausland nicht; seit er seine Tochter als Häufchen Elend in England abgeholt hatte, war ihm alles Auswärtige regelrecht verhasst.

Selbst geschäftlich versuchte er, Aufenthalte außerhalb der Region gering zu halten. Außerdem wusste er, wie wichtig es war, vor Ort zu sein. Seit Jahrzehnten besetzte Baptiste eine Vielzahl bedeutender Positionen; für die lokalen Ämter musste er im gesellschaftlichen Umgang Präsenz zeigen.

Egal, vor welchen Herausforderungen er privat oder beruflich stand: Baptistes sicheres Auftreten litt darunter nicht. Genau dabei hatte ihn der heimische Rückzugsort getragen. Die beständige Sicherheit spendete in jedem Tal die nötige Kraft, auch einen steinigen Weg wieder einzuschlagen und schlussendlich den Gipfel zu erklimmen. Jordì schienen die auswärtigen Berufsprojekte vielleicht im Augenblick aufregend und reizvoll; doch er würde den Rückhalt der Heimat brauchen, gerade, um in der heutigen schnelllebigen Welt zu bestehen.

Baptiste hielt es für ausgeschlossen, dass das Mädchen in der kalten Ferne Jordì allein ausreichend unterstützen und ihm in rauen Tagen Schutz bieten konnte. Dazu gehörte weitaus mehr, als einen Seelenverwandten, zuverlässigen Freund oder liebevollen Partner zu finden. Der familiäre und soziale Halt der gewachsenen Strukturen, auf den sein Enkel in Besalú bauen konnte, suchte seinesgleichen. Jordì würde den Schritt hinaus eines Tages bereuen.

Bei dem ersten Sprachaufenthalt im Ausland hatte Baptiste Jordì zuliebe noch beide Augen verschlossen und ihn grollend ziehen lassen. Über Wochen hatte seine Tochter Catarina zuvor mit Engelszungen auf ihn eingeredet und ihn dazu gebracht, Jordì den Herzenswunsch zu erfüllen und sich nicht gegen das Vorhaben zu stellen. Schließlich hatte Baptiste eingelenkt. Er war überzeugt gewesen, dass

Jordì seinen jugendlichen Übermut und das unsägliche Fernweh bei einem einsamen Aufenthalt schnell über Bord werfen und mit verbrannten Fingern geläutert in den Schoß der Familie zurückkehren würde. In der Tat hatte Jordì in den Monaten im Ausland eine harte Zeit durchlebt und am eigenen Leib erfahren, dass die Mentalität der nördlichen Sphären nicht der südländischen Herzlichkeit und Geselligkeit entsprach. Nach der Rückkehr war er kleinlaut gewesen und hatte zunächst keine weiteren Pläne geschmiedet. Baptiste hatte sich damals zurückgelehnt; seine Einschätzung schien bestätigt.

Doch dann kam immer einmal wieder eine neue Idee auf. Baptiste hatte das eine oder andere der Vorhaben durchgewunken. Nun aber setzte das Mädchen Jordì weitaus tiefgreifendere Flausen in den Kopf. Die Dinge drohten aus den Bahnen zu geraten.

Baptiste kannte seinen Enkel besser als die neue Bekanntschaft und wahrscheinlich sogar besser als dieser sich selbst. Jordì gehörte hierher und er brauchte seine Familie. Unter der wohlwollenden Führung seines Großvaters und im geselligen Umfeld würde Jordì glücklich werden, nicht einsam mit einem Mädchen ohne Familie und weit weg von seinem Zuhause.

Von Urlaubszielen bis zu Freizeitgestaltung, Freunden und Studienwahl: Schon oft hatte Baptiste Entscheidungen seines Enkelsohns Raum gegeben, obwohl er sie nicht trug. Eines bewahrheitete sich dabei immer wieder: Er wusste, was Jordì guttat und was nicht. Baptiste hatte die nötige Lebenserfahrung und Weitsicht. Vor allem aber kannte er die Stärken und Schwächen seines Enkels.

Obwohl Jordì äußerlich das Ebenbild seines Vaters war, gehörte er doch zum alten Familienstamm der Mutter. Dieser Strang fiel unter Baptistes persönlichen Schutz; bereits einmal hatte er in seiner Aufgabe versagt, die Nachkommen zu behüten.

Baptiste bereute zutiefst, seine Tochter damals mit Jordìs Vater ziehen gelassen zu haben. Er hatte sich ihrem Wunsch gebeugt und sie in die falschen Hände gegeben. Wie dramatisch waren die Zeiten gewesen, als Catarina geläutert mit den drei Kindern in den Schoß der Familie zurückkehrte. Von einem Tag auf den anderen war Jordìs

Vater verschwunden und hatte die junge Familie sitzen gelassen; gerade, als sie ihn am meisten gebraucht hätte. Catarina kämpfte wie eine Löwin für Jaume, Elena und Jordì. Doch sie war gebrochen.

Damals hatte Baptiste seine Tochter in naiver Nachsicht in ein Abenteuer aufbrechen lassen, das sich als waghalsig erwies. Erst nachdem sie ihren Schiffbruch erlitten hatte, war er zu spät zu Hilfe gekommen.

Ihm blieb nichts übrig, als die Scherben aufzukehren. Baptiste schwor sich damals, seine schützende Hand zur Not auch eisern über jedes seiner Enkelkinder zu halten, wenn er schon bei seiner Tochter versagt hatte und sie ins Unheil hatte laufen lassen.

Seither führte er ein strenges Regiment. Nie wieder wollte er eines seiner Kinder oder Enkel leiden sehen.

Wie schon die Tochter, so erweichte auch sein jüngster Enkel Jordì das großväterliche Herz insgeheim aber immer wieder. Doch Baptiste hatte Jordìs Zukunft vor seinem inneren Auge in dessen bestem Interesse bereits entworfen. Schließlich war mit Eulàlia auch die perfekte

Schwiegertochter gefunden worden. Nicht nur stammte sie aus einer wirtschaftlich und politisch einflussreichen Familie, sondern sie fügte sich auch ohne jeden Widerstand in die geschmiedeten Pläne ein.

Nur das Allerbeste wollte Baptiste für Jordì; und Baptiste war sich sicher, was das war. Ohne einen sicheren Hafen würde sein Enkelsohn sich nicht entfalten können. Gehalten im familiären Netz könnte er dagegen alles erreichen und sein Glück finden.

Den Schritt nach Deutschland dagegen würde Jordì bitter bereuen. Als Familienoberhaupt und liebender Großvater würde er, Baptiste Lluis de Parreras i Fardeneres, nicht tatenlos zusehen, sondern Jordì mit aller Kraft davor bewahren.

Zu Hause

SIE: Springflut

Sie wollte weg, einfach weit weg von allem.

Es war, als hätte Frederic die gesamte Stadt kontaktiert. Wo Mia sich vorstellte, blieben die Türen verschlossen. Ihr Vermieter kündigte die Wohnung und Onkel Pawel wie auch der vormalige Freundeskreis strafte ihren Sinneswandel ab.

Selbst ihren Freundinnen stand das Unverständnis ins Gesicht geschrieben, wie Mia ihre vermeintlich vielversprechenden Perspektiven so überstürzt wegwerfen konnte und sich stattdessen im luftleeren Raum ein Leben im Ausland ausmalte, weit weg und völlig im Ungewissen.

Die vormaligen Strukturen waren gesprengt und Mia sah um sich nichts als Trümmer. Sie spürte, dass sie ihren eigenen Weg suchen und gehen musste; doch wohin sie sich auch wendete – sie stieß auf Sackgassen und Wände aus Beton.

Mia hatte genug vom Starksein, von aufgesetztem Lächeln und gespielter Fröhlichkeit, wenn ihr nach Weinen zumute war. Es war mehr geworden, als sie tragen konnte.

Jordi war eintausend Kilometer entfernt und sie vermisste sein verspieltes Wesen und das warme Lachen an jedem einzelnen Tag. Mia wusste gar nicht mehr, wo sie überhaupt hingehörte.

Und dann kam die nächste Absage, obwohl eine Stelle ausgeschrieben war. Heute war alles zu viel. Mia konnte und wollte nicht mehr. Noch auf dem Weg zur Bibliothek kehrte sie um, rannte zurück nach Hause und zerrte ihren Koffer unter dem Bett hervor. Vielleicht war es eine Flucht; aber sie musste weg, um nicht in den grauen Strudel der Ausweglosigkeit gesogen zu werden.

Als der Start der Boeing sie am Nachmittag fest in den Sitz drückte und das Moment der Schwerelosigkeit des ersten Abhebens in ihrem Bauch ein Vakuum auslöste, wurde schließlich auch ihr Herz leichter.

ER: Gegenwind

„Nein, es kann nicht warten." Jordì sah seinen Großvater verzweifelt an. „Wozu finanziere ich dein Studium, wenn du dich im Gegenzug nicht einmal für ein paar Stunden hier für die Firma einbringst? Ein Nachmittag ist wohl nicht zu viel verlangt."

Das Studium war Baptiste seit jeher ein Dorn im Auge gewesen und natürlich hatte Jordì versprochen, seine Kenntnisse aus den Vorlesungen zumindest für das

Unternehmen mit nach Hause zu bringen und seinen Großvater zu unterstützen.

Doch ausgerechnet heute noch wollte Baptiste die Übersichten der Bilanzprüfung sehen. Mia landete jeden Augenblick. Ihm blieb nichts anderes übrig. Er würde warten, bis sein Großvater das Büro verließ, und dann nach Barcelona verschwinden; Mia sollte in der Zeit mit dem Flughafenbus in die Innenstadt fahren. Sobald er in Barcelona ankäme, würde er sie schnellstmöglich mit dem Roller abholen. Auf Jordìs Stirn standen Schweißperlen. Er musste arbeiten, so schnell er konnte, oder hoffen, dass Baptiste bald aufbrach.

„Es tut mir leid." Sie saß mit ihrem kleinen Koffer wie bestellt und nicht abgeholt auf der Mauer vor dem Grünstreifen und lächelte müde. „Ich habe es einfach nicht mehr ausgehalten." Sie klappte das dicke Buch auf ihren Oberschenkeln zu und Jordì hob sie hoch in seine Arme. „Ich bin froh, dich zu sehen", flüsterte er und gab ihr in seiner festen Umarmung einen Kuss auf die Schläfe.

„Hast du es noch geschafft?" Er nickte und seine verkrampften Schultern entspannten sich nach den hektischen Stunden erstmals.

Mia war nach den Strapazen des Tages wohlbehalten angekommen und er war für die nächsten Stunden nicht mehr der Spielball seines Großvaters. Jetzt waren sie an der Reihe. Es war ihr unverhofftes Wochenende und die Verärgerung seines Großvaters sollte es nicht trüben.

Hoffnungsschimmer

ER: Santa Maria del Mar

Am nächsten Morgen ließ Jordì Mia ausschlafen und arbeitete im Wohnzimmer. Die Erschöpfung stand ihr schon bei der Ankunft ins Gesicht geschrieben und der ungewöhnlich tiefe Schlaf sprach für sich. Als Mia gegen Mittag erwachte, aßen sie einen Happen und fuhren gemeinsam zum Campus der Universität. Im alten Gemäuer der Bibliothek herrschte eine angenehme Kühle. Sie richteten sich ein und arbeiteten für einige Stunden. Doch Jordì sah Mias unruhigen Bewegungen an, dass sie ihre Sorgen noch nicht abschütteln konnte. Er klappte seinen

Laptop zu und packte auch ihre Unterlagen ein. Mia sah ihm verdutzt, aber dankbar zu.

Nach den zähen letzten Wochen wollte er ihr etwas Besonderes zeigen. Vielleicht würde es auch ihr Kraft spenden.

Santa Maria del Mar: Für Jordi waren das Bauwerk, der Ort und seine Wirkung einzigartig. Eine mächtige Kathedrale inmitten der engen Gassen des alten Barcelonas, eine Gabe der einfachen Bürger an die Mutter Gottes; ein Ruhepunkt im belebten Treiben der Stadt. Santa Maria del Mar thronte auch in versengender Hitze über dem alltäglichen Durcheinander in einer majestätischen Eleganz, zwischen Touristen und Einheimischen, Bettlern und Geschäftsleuten, Taschendieben und spielenden Kindern. Zugleich war sie schlichter als die anderen Gotteshäuser ihrer Zeit. Sie war erbaut worden im Schweiße des Angesichts der einfachen Bürger, nicht aus den Geldbeuteln der wohlhabenden Elite. Generationen von Menschen hatte sie Ruhe, Zuflucht und Schutz geboten und Angriffen, Bürgerkriegen und einer Diktatur standgehalten. Die

Schutzpatronin der Seefahrer wachte auch heute über die Hafenstadt.

Hierher kam Jordì, wenn er nicht mehr weiterwusste. Drohte er unter dem Druck anstehender Prüfungen oder allein in der Großstadt zu zerbrechen, suchte er die Kathedrale auf. Jedes Mal hatte er Trost gefunden; selbst wenn die Situation völlig ausweglos schien. Die harten Holzbänke drückten dann in seinen Rücken und die Tränen liefen oft unaufhaltsam über sein Gesicht. Doch nach einer Weile versiegte der Strom und Jordì schöpfte neue Kraft. Wurde sie ihm gegeben oder fand er sie in sich – er konnte es nicht sagen. Aber durch den Eindruck der mächtigen Kathedrale fühlte er sich nicht mehr angstvoll oder leer; er atmete ruhig und beobachtete das einfallende Licht, das seine Farben mit dem Sonnenstand änderte. Wenn er aufbrach, war er befreit.

Jordì hoffte, dass Mia wie er fühlte; dass sie schon bald mit ihm durch die schwere Holztür aus den massiven Steinmauern in das noch immer gleißende Sonnenlicht der frühen Abendstunden treten und in sich ruhig sein würde.

Fasziniert blickte sie mit dem Kopf im Nacken in die erdrückende und erhebende Höhe. Was machte diese Kathedrale so mächtig und zart zugleich? Die Dimensionen verschoben sich durch die scheinbar zu lang gestreckten schlichten Säulen, die sich erst für die Wölbung der Kuppel in Verschnörkelungen verloren. Aber das konnte nicht alles sein. Sie folgte den fein verwobenen Strängen, ohne eine Antwort zu finden. Wohin führten diese Linien sie?

Mia war verzweifelt gekommen. Sie hatte nicht geahnt, wohin Jordì sie führte. Aber schon als sie eintraten, strömte Zuversicht in Mias bedrückte Seele. Unvermittelt erschienen ihr die Sorgen und Ängste des Alltags fern und klein.

Einmal hatte er von seinem besonderen Zufluchtsort in Barcelona erzählt. Jetzt verstand sie, was ihn mit diesem Bauwerk verband.

Sie saßen eine Weile still nebeneinander. Jordì schloss die Augen. Mia ließ ihren Blick wandern und atmete tief. Tränen stiegen auf und füllten ihre Augen. Sie ließ es geschehen und weinte stumm.

Nicht nur die letzten Wochen hallten in ihr nach. Das liebevolle Lächeln und die strengen Züge ihrer Mutter tauchten auf; der letzte vorwurfsvolle Blick des Onkels; die bevorstehenden Prüfungen und eine unsichere Zukunft.

Unter der steinernen Kuppel fühlte Mia sich winzig und unbedeutend. Zugleich aber legte sich eine Wärme um ihr Herz, die Mut einhauchte.

Noch fand sie keinen Sinn in den Umbrüchen der vergangenen Monate; noch fügte sich das Bild nicht zusammen. Doch Mia war sich mit einem Mal sicher. Was auch kam: Sie würde auf das Gefühl von Santa Maria del Mar vertrauen.

§ 3 IKARUS

Zartbitter

ER: Ein hoher Preis

Der Besuch war für Mia wichtig gewesen. Doch Jordì zahlte einen hohen Preis. Der Großvater grollte tagelang, dass Jordì sich davongeschlichen hatte. Auch bei seinen Freunden stieß er auf Unverständnis.

Selbst Cousine Marta war empört. Als er am Freitagabend zur Olla d'Or kam, blaffte sie ihn an. „Hast du uns vergessen, Jordì?"

Marta liebte Jordì seit Kindheitstagen wie einen kleinen Bruder. Er fehlte in der Gruppe. Wenn er lachte, ging ihr Herz auf; wenn er sich grämte, litt sie mit.

Doch mittlerweile sah sie Jordì nicht mehr häufig. Seit er das Studium aufgenommen hatte, war er so verbissen. Als er dann von dem Mädchen aus Deutschland berichtete, platzte eine Bombe. Erst versuchte Jordì tapfer, Mia und den Lebenswandel zu verteidigen; nach und nach wich er dem Thema aus. Mit einem Mal war er nicht mehr die jungenhaft unbeschwerte Frohnatur, sondern er wirkte traurig, einsam und verschlossen. Selbst wenn er mit von der Partie war, herrschte eine Distanz.

Auch Jordì merkte das und zog sich noch mehr zurück. Wenn sie mit der Clique den Abend erst begannen und von der freitäglichen Stammbar in den Club weiterzogen, verabschiedete er sich meist schon nach Hause. Bei anderen Gelegenheiten tauchte er zu spät auf, weil er angeblich noch ein Kapitel lesen oder eine Übungsaufgabe lösen musste. Wenn sie am Nachmittag auf der Plaça Major die Geschehnisse des letzten Abends Revue passieren ließen und so den nächsten mit dem ersten kühlen Bier einläuteten, konnte er nicht mitreden.

Marta beobachtete diese Entwicklungen. Selbst wenn Jordì dabei war, gehörte er nicht mehr wirklich dazu. Sie waren nicht mehr seine Priorität und beide Seiten spürten es.

Als Jordì mit Eulàlia zusammen gewesen war, hatte es solche Probleme nicht gegeben. Gelegentlich war er einmal mit in ihrem Heimatdorf gewesen; der Lebensmittelpunkt lag aber immer klar in Besalú. Die Clique hatte sich nicht daran gestört, wenn Eulàlia bei dem einen oder anderen Anlass dabei gewesen war. Doch meistens blieb sie ohnehin lieber bei der Familie oder ihrem Freundeskreis in Estellencs.

Marta fragte sich, ob Jordì die Truppe in Besalú nicht vermisste; sowohl die Freunde als auch das eingespielte Leben schienen in seinem Leben kaum mehr eine Rolle zu spielen.

Wenn er freitags aus Barcelona dazukam, war er in Gedanken versunken. Immer wirkte er müde. Das war nicht mehr der Jordì, mit dem sie nachts die Nachbargänse entführten oder zum obligatorischen Katerfrühstück aus Thunfisch und Patatas Bravas schlaftrunken und überdreht in die Bahnhofskneipe stolperten.

Marta fühlte einen Stich. Jordì fehlte ihnen in seiner fröhlichen Art allen, aber ihr selbst vielleicht mehr, als sie sich eingestehen wollte. Jetzt war es nicht mehr nur sein Studium, das ihn fernhielt. Immer häufiger verbrachte er die Wochenenden nicht mehr in Besalú, sondern blieb in Barcelona oder flog nach Deutschland.

Dabei hatte er doch zu Hause alles, was er brauchte. Sie waren in ihrer Gruppe immer zufrieden gewesen. Nur unmerklich hatte sich der Rhythmus mit zunehmendem Alter und wachsender Verantwortung verändert. Ansonsten war alles gleich geblieben.

Aber scheinbar genügte das Jordì nicht mehr. Offenbar genügten auch sie, seine Freunde, ihm nicht mehr. Wenn er von seinen Plänen im Ausland oder Mia berichtete, leuchteten seine Augen dagegen. In schillernden Farben malte er eine Zukunft in der weiten Welt aus, mit aufregenden Reisen in die Metropolen rund um den Globus und einer faszinierenden Person an seiner Seite.

In diesen Momenten bekam Marta es mit der blanken Angst zu tun und sie verstand, weshalb Eulàlia Jordì so bereitwillig hatte ziehen lassen. Auch Marta wollte nicht fort von der Heimat.

Mit seinem übermütigen Fernweh warf Jordì, ohne es auch nur zu bemerken, ihr gut funktionierendes System durcheinander. Immer häufiger trat der eine oder andere Freund einen Städtetrip über das Wochenende an, plante

Urlaub an exotischen Orten und dachte über ein ausländisches Masterprogramm oder einen Sprachkurs nach.

Jordì zerstob die Selbstgenügsamkeit, die sie alle jahrelang so gut getragen hatte. Natürlich war auch Marta nicht immer glücklich; aber sie wollte weder die Heimat verlassen noch ihr gewohntes Leben gegen ein ungewisses eintauschen. Was sollten der aufreibende Nervenkitzel und die Unersättlichkeit?

Der Region ging es wirtschaftlich gut. Vor allem waren sie nicht wie das übrige Spanien von der starken Jugendarbeitslosigkeit gebeutelt. Vielleicht ließ sich nicht jeder Job in der unmittelbaren Umgebung finden, aber man arrangierte sich. Der Fokus auf Karriere und Qualifikationen war ihrer Gruppe all die Jahre fremd gewesen. Jeder arbeitete, um zu leben. Das Meer war mit dem Auto nur einen Katzensprung entfernt und man konnte gewiss sein, jeden Freitag auf die bekannten Gesichter zu stoßen und eine vergnügliche Zeit miteinander zu verbringen. Wieso sollten sie nach mehr streben, wenn schon alles gut war? Sie brauchten weder dieses Mädchen noch den Lebensstil, den Jordì mit diesem verknüpfte.

Nie hatte Marta in ihrem gewohnten Lebensalltag etwas wirklich vermissen müssen. Mit Jordìs Fernweh und Träumen begann nun aber eine Fassade zu bröckeln, die sie zuvor nicht einmal als solche erkannt hatte.

Marta schürzte die Lippen: „Wieder Daueraufenthalte in Deutschland auf dem Programm? Wer kümmert sich dann eigentlich um die Firma?" Jäh wich der Glanz aus Jordìs Augen und er sackte in sich zusammen.

An diesem Abend behielt Marta ihn besonders im Blick. Jordì befand sich auf einem Irrweg und je schneller er es bemerkte, desto eher könnte für sie alle wieder Frieden einkehren.

SIE: Lebensdurst

Auch wenn der Weg zu ihrem Treffen ein holpriger gewesen war: Sobald sie zusammen waren, kehrte eine tiefe Ruhe in Mia ein.

Auch Jordì wirkte nur im ersten Augenblick betrübt. Dann rückte das Wiedersehen die Dinge wieder ins rechte

Licht und das Leben schien leicht und lachte ihnen zu. Es war immer das gleiche Spiel: Mit Jordì ging die Sonne auf. Egal, was geschehen war; das Gefühl des Zusammenseins riss beide mit.

Vor Mias innerem Auge zogen die Bilder vorüber. Unvergesslich waren schon die ersten gemeinsamen Tage in Barcelona gewesen, als sie auf den Berg stiefelten und die Küstenlinie am Horizont nachmalten. Bis heute in ihr Gedächtnis eingebrannt hatte sich auch der heiße Sommerabend, als sie mit der Seilbahn zum Festival auf dem Montjuïc schwebten und die Dächer der Stadt in das warme Abendlicht eintauchten.

Doch es war nicht nur der Reiz eines sommerlichen Urlaubsgefühls, den sie mit Jordì verband. Genauso glücklich kuschelten sie sich bei Schnee und Eis mit einem Tee und dicken Socken in Düsseldorf unter die dicken Bettdecken, nachdem auf dem Weihnachtsmarkt ihre Fingerspitzen und Fußzehen taub und die Nasen und Wangen von Kälte und Glühwein rot geworden waren.

Obwohl sie sich in ihrem vermeintlich gemeinsamen Alltag immer vertrauter wurden, machte Jordì Mia auch nach so vielen aufregenden wie besinnlichen Stunden noch immer nervös. Bei jedem Wiedersehen versetzte ihr sein strahlend blauer Blick in der Menge einen Schlag und jede Berührung löste ein wohliges Kribbeln in ihrem Bauch aus. Mia fragte sich, ob sich mit Jordì jemals eine Routine einstellen würde.

Intuitiv waren sie ab dem ersten Tag miteinander auf das Engste verbunden gewesen. Dennoch gewöhnte sie sich noch immer nicht an den verlockenden Gedanken, dass Jordì sicher da und Teil ihres Lebens war. Jede Begegnung fühlte sich nach der Ungewissheit damals an Gleis 9 des österreichischen Bahnhofs noch immer wie ein Traum an.

Mia schmunzelte. Wie in einem gefühlsduseligen Liebesfilm begab sie sich von einem Höhenflug in den nächsten. Wäre da nur nicht der schwelende Krisenherd an den Heimatfronten.

Mia wusste noch immer nicht, wie Jordì und sie ihren gespaltenen Welten absehbar Herr werden sollten.

ER: Zugvögel

„Mia, ehrlich: Es gibt hier keine Krebse." Er versuchte eine ernste Miene aufzusetzen, während sie von einem Fuß auf den anderen hüpfte, als er schon bis zur Hüfte im Wasser stand. „Das sagst du jetzt, und dann ..." Mia verdrehte theatralisch die Augen. Er spritzte sie mit beiden Händen nass. „Gnade, Jordì – und pass bloß auf, vielleicht gibt es ja zumindest ein Krokodil!" Sie stürmte auf Jordì zu und schnappte ihn sich von der Seite. Die beiden rangelten über und unter Wasser, bis sie vor lauter Salzwasser in Mund und Nase nur noch prusteten. Er zog sie hoch in seinen Arm, so dass nur noch ihre Unterschenkel und Füße im Wasser baumelten. „Alles in Ordnung?" Sie lächelte und gab ihm einen Kuss: „Nichts könnte besser sein."

Jordì war zufrieden, Mia in Barcelona so ausgelassen und zufrieden zu sehen. Er spürte, dass sie in Düsseldorf zerbrach und er fühlte sich hilflos. Wenn er Mia bei sich hatte, war sein Herz leichter und alles schien möglich. Doch die gemeinsamen Momente blieben vergänglich. Kaum hatte er Mia bei sich, kam schon der nächste Abflug und die Wochenenden in Besalú.

Diese Tage in der Heimat wurden schwer. Unbarmherzig zog sich jedes vormals vergnügliche Wochenende in die Länge und Jordì war die vielen spitzen Kommentare leid. Wenn er nicht nach Besalú fuhr, weil er Mia traf, war es verkehrt; doch selbst wenn er die freien Tage in der Heimat verbrachte, erntete er Missfallen und unterschwellige Kritik.

Dazu vermisste er Mia und sehnte sich nach ihrer Wärme. Mit Mia war sein Zuhause plötzlich überall und zugleich nirgends.

Auch im Alltag in Barcelona dachte Jordì wehmütig an die verflossenen Stunden; teils arbeitsam und verborgen, aber stets selig verbrachten sie dort jeden gemeinsamen Moment. In seinem kleinen Appartement und auf allen Wegen ballten sich die Erinnerungen; von der Bibliothek in der Universität bis zu den Streifzügen durch die Viertel. Eigentlich hätte nach all den Jahren Eulàlia in seinem Herzen und an den Orten verankert sein müssen. Aber es war Mia, die aus jeder Ecke sprang und deren Aura in der Luft hing. Sie saß hinter ihm auf dem Roller, sog lebensdurstig die Eindrücke der Großstadt auf oder füllte mit ihrem Lachen die Zimmer; sie räkelte sich in den dünnen

Leinenlaken im Bett oder hüpfte unerwartet mit einem vergnügten Quietschen hinter dem Duschvorhang hervor; sie setzte beim Nudelkochen die Küche unter Wasser und stürmte mit ihm im Wettlauf durch das Treppenhaus, bis sie japsend an der Wohnungstür ein Unentschieden vereinbarten.

Wenn er einen dicken Pullover aus dem Schrank über seinen Kopf zog, haftete so oft noch eine zarte Note ihres Parfums im Gewebe. Dann wusste er, dass es einer derjenigen war, in die er sie bei den späten Fahrten mit dem Roller nach einem zu kalten Bad im Meer ungefragt gesteckt hatte. In seinen Kleiderschränken hingen nicht nur ihre Kleider, sondern auch ihr Geruch. Im Eingangsbereich warteten ihre Turnschuhe auf den nächsten Einsatz; im Kühlschrank lag ihr Lieblingswein. Wohin er blickte und was er tat: Mia war da.

Die Wochenenden in Besalú schmerzten immer mehr. Hier gab es weder Mia noch eine einzige Erinnerung an sie und in Jordìs Herzen stellte sich schon ein schlechtes Gewissen ein, wenn er nur an sie dachte oder ihr schrieb.

Für Mia war seine Heimat ein Buch mit sieben Siegeln. Jordì wusste nicht, wie er sie jemals verstehen oder gar Teil werden lassen könnte. Ausgerechnet der prägendste Bereich seines Lebens war versperrt und an jedem Wochenende und freien Tag musste er sich aufs Neue entscheiden, welcher Welt er den Vorzug geben wollte. Bevor er sich die Frage überhaupt stellen konnte, wusste er, dass es keine richtige Antwort gab. Wofür er auch votierte – er verkeilte sich immer mehr.

SIE: Spiel gegen die Zeit

Mia fragte sich, wie lange das Spiel noch gehen würde. Über kurz oder lang würde Jordì sich hinauswagen und Stellung beziehen müssen. Mia sah, dass auch er zwischen zwei Welten stand, und sie wartete. Doch er musste ihr die Hand reichen; ihre Energie versiegte und es blieb beim rauen Gegenwind aus Besalú.

Mia hatte bereits alle Zelte abgebrochen. Ihr vormaliges Leben in Düsseldorf lag in Schutt und Asche. Sie versuchte, die Trümmer einzusammeln, doch der Zustand besserte sich kaum. Das Unverständnis der Freundinnen hielt an; Onkel Pawel strafte sie mit Ignoranz. Seine Versuche, ihr auszureden, was offensichtlich nicht nur er, sondern ihre gesamte Umwelt als Unfug betrachtete, waren erfolglos.

Mia blieb eisern; sie würde die Konsequenzen aussitzen. Doch Jordì und sie kämpften an zwei Fronten und der Grat der stärkenden gemeinsamen Welt war schmal.

Mia fragte sich immer häufiger, ob sie mit reiner Geduld und Langmut richtig handelten oder ob sie eine Strategie entwickeln mussten, um zusammen zu bestehen. Sehnlich hoffte sie auf den Schimmer eines Fortschritts oder ein Zeichen.

Kompass

ER: Zeitsprung

Einmal unternahm Jordì mit Mia völlig unerwartet einen Zeitsprung. Anders als sonst schlenderten sie an jenem Abend nicht ohne Ziel durch die Straßen, bis die Atmosphäre eines Lokals sie zur Einkehr lockte. Ohne selbst genau zu wissen, was sie erwartete, hatte Jordì etwas Besonderes angekündigt. Es war nicht übertrieben: Schon als sie vor dem in warmen Farbtönen angestrahlten, prachtvollen Gebäude standen, bekam er selbst Gänsehaut.

Das Restaurant im Hospital de Sant Pau war ein verstohlener Hinweis seiner Mutter gewesen, als er sie zum Einkaufen auf den Markt begleitete. Mia war sichtlich gerührt, als Jordì ihr von der versteckten Empfehlung erzählte.

Beiläufig und ohne ein Aufheben zu machen, hatte Catarina Jordì geschildert, wie beeindruckt sie von der besonderen Stimmung gewesen sei, als sein Vater sie in ihren Jugendtagen dorthin eingeladen hatte. Noch bevor Jordì in seiner Verwunderung eine Frage stellen konnte, kam Baptiste dazu und Mutter und Sohn verstummten.

Weder Jordì noch Catarina verloren ein weiteres Wort über die Geschichte, obwohl Jordì so vieles auf der Zunge brannte. Warum erwähnte seine Mutter mit einem Mal den Vater, obwohl ansonsten ein Mantel des Stillschweigens um ihn gehüllt war?

Jordì fasste den Entschluss, bei Mias nächstem Besuch in Barcelona herauszufinden, was seine Mutter meinte. Gegenüber seinem Großvater und den Geschwistern erwähnte er das Vorhaben mit keiner Silbe. Eine Botschaft war jedenfalls angekommen und Jordì schöpfte Hoffnung: Vielleicht öffnete seine Mutter im Verborgenen einen Spaltbreit die Türen und es fiel ein erster Lichtstrahl hindurch?

Als Jordì und Mia sich vor dem ehemaligen Spital niederließen und der Kellner im Frack ihnen die Empfehlungen des Abends vorstellte, verstand Jordì, was seine Mutter ihnen mit auf den Weg gegeben hatte.

Mit einem Schlag schlug ihm das Herz bis zum Hals. Plötzlich schienen zwei vormals verliebte Kinder erwachsen. Statt in Turnschuhen und zerschlissenen Jeans saßen sie sich erwachsen gegenüber. Jordì kam es vor, als könnten sie an diesem Abend sowohl nach vorne als auch zurück auf ein gemeinsames Leben blicken. Vielleicht wäre so etwa das Gefühl, wenn die Kinder zum Studium ausflogen und man sich als gestandenes Ehepaar zufrieden in die Augen schaute?

Es waren nicht die Äußerlichkeiten, die das Bild in seinen Kopf projizierten. Die Vision fußte auf dem Gefühl einer tiefen Ruhe, die in Mias Gegenwart in ihm einkehrte. Die innere Hektik und die Schuldgefühle, die ihm sonst keine Minute des Stillstands erlaubten, verschwanden auch jetzt, als er in ihre grünen Augen schaute.

Der magische Abend verflog wie ein Augenblick und auf dem Nachhauseweg fühlte Jordì die unerklärliche Verbindung zum ersten Mal als langfristig, plötzlich stabil und gefestigt.

Als Mia am nächsten Morgen für den frühen Flug nach Düsseldorf zum Aufstehen im Bett eine Handbreit von Jordìs Brust abrückte, griff er im Halbschlaf nach ihr. Er zog ihren Körper an sich und umschloss ihn fest. Wie Honig floss eine Wärme um sein Herz. Auch sie ließ die Muskelspannung abfallen und schmiegte sich an ihn.

Mia schlief in seinen Armen nochmals ein und ihr ruhiger, gleichmäßiger Atem strich gleichmäßig über seine Wange.

Jordì spürte es. Das war Glück: Wenn die Zeit stillstand und nichts außer ihrer warmen Haut auf seiner zählte.

Nach dem magischen Abend im Hospital de Sant Pau entwickelten Mia und Jordì über die Monate einen neuen Lebensstil. Manchmal strengten Mia die ständigen Reisen und Aufbrüche an, doch auf der anderen Seite war jede gemeinsame Minute es wert.

Ohne dass das neue Leben greifbar wurde, verschwammen die Erinnerungen an die Vergangenheit. Selbst wenn Mia es versuchte, konnte sie sich schließlich nicht mehr vorstellen, wie das Leben ohne Jordì gewesen war.

Zumindest kehrte in Düsseldorf wieder so etwas wie ein Alltag ein. Unter der Woche gab Mia Nachhilfestunden und an den Wochenenden arbeitete sie in einer Studentenbar, um die Reisen zu finanzieren. Jedenfalls einmal im Monat flog sie so entweder nach Barcelona oder Jordì kam zu Besuch. In welche Richtung die Reise auch ging: schon beim Rückflug zählte Mia die Tage bis zum Wiedersehen.

Sobald sie sich am Flughafen in die Arme schlossen, lebte Mia; dann sah sie nach den turbulenten Umschwüngen wieder ein Ziel. Egal, was geschah und wie der Alltag an ihr zehrte: Die glücklichen Stunden mit Jordì wurden durch nichts aufgewogen. Doch Mia hatte auch Angst.

Demnächst würde sie ihr Studium abschließen. Dann wäre sie frei, zu gehen, wohin immer es sie gemeinsam verschlagen sollte.

In diesem Wissen schüttelte Mia zwar allen Ballast ab; arbeitsame Stunden oder zwischenmenschliche Konflikte zogen bis zum nächsten Wiedersehen vorüber. Der innere und äußere Erwartungsdruck wich, sobald Jordì und sie in ihre kleine geheime Welt schlüpften. Und doch blieb die Ungewissheit, wohin diese Reise wirklich führen würde und ob ein gelebter Traum wahr werden könnte.

Gerade in Barcelona sog Mia ein mitreißendes Lebensgefühl auf. An manchen Tagen fuhren sie mit dem Roller für einen Sprung ins Meer an den Strand der Barceloneta. In den kühleren Jahreszeiten verlagerte sich das rege soziale Leben dort von den Lokalen an der Promenade in die Bars und Cafés der verwinkelten Gassen. Im Herbst und Winter gehörte das Ufer in den Abendstunden daher ihnen allein, bis die Dämmerung einbrach und die

Dunkelheit die Herrschaft übernahm. Alles schien für Mia perfekt.

Viele Male durchkreuzten sie das Viertel Gràcia, das wie ein heimeliges Dorf wirkte. Auf dem Platz der Diamanten ließen sie sich in einer der einfachen Bars nieder und beobachteten bei den nach Gutdünken des bärbeißigen Wirts aufgetischten Tapas das abendliche Leben. In dieser kleinen Welt, in der sich niemand an ihrem Zusammensein störte, waren Mia und Jordì unbeschwert.

Anschließend kehrten sie entweder müde und zufrieden zurück in Jordìs Wohnung oder sie streiften weiter in die mondänen Gegenden der pulsierenden Stadt. Mia schmunzelte. Nein, wenn Jordì ihre Hand hielt, schlenderte sie nicht, sie schwebte.

Der Abend im Hospital de Sant Pau hatte ihr Kraft und Zuversicht gespendet. Dennoch schoss Mia in den glückseligen Augenblicken immer wieder die eine Frage in den Sinn: Könnte es für immer so bleiben, so leicht und süß?

An den heimischen Fronten bewegte sich nicht viel. In Düsseldorf wurde Jordì von Mias Umfeld ignoriert und auch in Besalú zeichnete sich für sie keine Veränderung ab.

Mia wusste nicht, ob die tiefe Verbindung sie weiter über alle steinigen Strecken würde tragen können. Noch lebten Jordì und sie von gemeinsamen Wochenenden und Momentaufnahmen. In diesen Momenten herrschte eine surreale Sorglosigkeit. Aber das Versteckspiel nagte an Mia. Jordì und sie taumelten von einem Lichtstrahl zum nächsten. Noch existierten sie gemeinsam in keiner der Welten, weder in Katalonien noch in Deutschland.

Meist wischte Mia die Sorgen beiseite. Schließlich hatten sie zumindest ein Nest der Geborgenheit. Das war wahrscheinlich schon mehr, als sie je erfahren hatte.

Als sich der angekündigte Wetterumbruch am katalanischen Nationalfeiertag wie ein Weltuntergang einstellte, fühlte Mia sich erstmals seit Jahren zu Hause. Bei strömendem Regen und Gewitter saßen Jordì und sie sich gegenüber, je an einer Kopfseite des Küchentisches, hinter Stapeln von Unterlagen und Büchern. Draußen prasselten die Regentropfen gegen die Scheibe und der Herbst brach herein. Das fast vergessene Gefühl zauberte ein stilles Lächeln auf ihre Lippen.

Mia sog diese Momente auf. Außerdem inspirierte Jordì sie: seine leichtlebige Art, die jungenhafte Verspieltheit. Er reüssierte und genoss zugleich die schönen Dinge des Lebens. Bei einem gut zubereiteten, mit Sepia-Tinte schwarz gefärbten Reis bekam er Gänsehaut und mit einem Vanilleeis in der Hand hüpfte er durch die Straßen wie ein Kind.

Wenn sie zusammen waren, fühlte sich Mia beschwingt und gesetzt zugleich. Sie konnte sie selbst sein oder jedenfalls herausfinden, wer sie war; in sich hineinfühlen, was sich dort verbarg. Als wären die beiden angekommen und aus zwei zueinander gehörenden Teilen endlich eines geworden.

An Tagen wie jenem im Herbst zeigte es sich deutlich: In ihrer heimlichen kleinen Welt schien immer die Sonne.

Doch insgeheim nagte auch eine dumpfe Sorge an Mia. Bei jedem Abschied fragte sie sich, wie lange das Spiel im

Verborgenen noch gehen würde. Könnte die optimistische Rechnung je aufgehen? Sie hoffte, dass ihr gemeinsames Abenteuer nicht eines Tages ein jähes Ende finden würde.

Abschiedsturnus

ER: Flughafenschwere

Wie jedes Mal war sein Herz schwer, wenn der Abflug bevorstand. Jordì war die ständigen Abschiede müde. Auch Mia sah er die Schwermut an: Bei den letzten Streifzügen durch die abendliche Stadt vor der Abreise am frühen Morgen war ihr Gang weniger beschwingt, der Redefluss nicht mehr von Klangfarbe durchflutet. Sie war stummer und ihr Blick stumpfer.

Jordì fühlte sich nicht anders: Wenn sie sich am Flughafen verabschiedeten, wollte er sie festhalten. Wie schon bei der ersten Begegnung wünschte er sich in diesen Augenblicken sehnlich, sich eines Tages aus ihrer warmen Umarmung nicht mehr lösen zu müssen.

Bei der Rückkehr allein fühlte sich auch seine Wohnung traurig und leer an. Jordì brauchte eine Weile, bis er sich an die eingekehrte Stille gewöhnte, und er war froh, sich in die

Arbeit stürzen zu können, um sich von der Leere abzulenken, die Mias Abreise hinterließ.

SIE: Pendelstress

Bislang hatten sie die Distanz den Umständen entsprechend gut überbrückt. Aus den zunächst monatlichen Besuchen waren immer kürzere Etappen geworden. Alle zwei bis drei Wochen flog entweder Mia nach Barcelona oder Jordì zu ihr.

Doch das Warten auf ein Wiedersehen schmerzte selbst so noch und die Umschwünge wurden nicht leichter, sondern blieben brutal. Von der gemeinsamen Wolke 7 schmetterte Mia das Alleinsein in Düsseldorf jedes Mal auf den Boden der Tatsachen.

Dabei waren es nicht der Arbeitsalltag oder das Studium, die sie dann grämten. Auch mit Jordì verbrachte sie viele Stunden still in der Bibliothek. Doch diese Phasen empfand Mia niemals als bedrückend. Sobald sie den Blick aufrichtete, sah sie hinter dem Bildschirm einen konzentrierten Jordì, der eifrig tippte oder mit akribischer Genauigkeit Graphiken auf ein Papier skizzierte. In diesen

Momenten wusste Mia, dass der Tag gut enden würde. Nach einem liebevollen Kuss oder aufmunternden Spaziergang in der Pause konnte sie neue Kräfte mobilisieren; nach jedem Aufbruch am Abend wartete ein gemeinsames Abendessen, das ihren Geist zerstreute. Sie würde friedlich in Jordìs Armen einschlafen und alle Knoten in ihrer Brust lösten sich.

Aber Mia war die Umbrüche und das Schattendasein leid. Sie wollte sich nicht mehr verstecken, sondern auch an seiner Seite existieren dürfen. Mia spürte einen inneren Trotz. Sie hatten sich nichts zuschulden kommen lassen und strampelten dennoch seit über einem Jahr. Jordì und sie verdienten endlich eine gemeinsame Welt.

Friktionen

ER: Zahn der Zeit

Die Wogen glätteten sich in Besalú auch im Laufe der Monate nicht. Immer wieder hatte Jordì Mia versprochen, dass es eine Frage der Zeit sei. Sie würden ein ruhiges Fahrwasser finden. Doch er war sich nicht mehr sicher, ob er richtiglag.

Jordì schlief schlecht und machte sich Vorwürfe. Seine unangekündigten Wochenenden in Barcelona und die häufigen Flüge nach Deutschland überrumpelten und verstimmten sein Umfeld. Dazu zogen sie den Ärger auf Mia.

Anstatt die Wogen zu glätten, wurde es mit jeder seiner Abreisen zunehmend unwahrscheinlicher, dass Mia einmal willkommen geheißen würde. Mehr noch als schon nach ihrem Kennenlernen in Österreich schien es inzwischen undenkbar, Mia einmal mitzubringen und ihr seine Welt zu zeigen, geschweige denn sie seiner Familie oder dem Freundeskreis vorzustellen.

Jordì zog sich zurück und igelte sich hinter Büchern und angeblichen Aufgaben ein. Es ging weder vorwärts noch rückwärts. Die Situation war festgefahren.

Der Ärger seiner Freunde würde mittelfristig hoffentlich verfliegen. Sie sahen, dass es ihm ernst mit Mia war und wie er weiterhin versuchte, den Spagat zu meistern.

Mehr noch litt Jordì unter dem angespannten Verhältnis zu seinem Großvater. Dieser Konflikt versprach keine

Besserung. Nicht nur die offene Kritik, sondern gerade die unausgesprochenen Vorwürfe wühlten Jordì auf; er ließ das Unternehmen im Stich; er gab die gewünschte Schwiegertochter auf; er wandte der Heimat den Rücken. Und niemand verstand, wieso.

Jordì wollte so gerne für Mia eine Lanze brechen. Er strampelte nach Kräften, aber er erreichte noch immer kein Ziel. Ein solches schien nicht einmal in Sicht.

SIE: Ohnmacht

Und wieder reiste Mia ab aus einer aufgewühlten Welt, um in einer ablehnenden anzukommen.

Ihre guten Hoffnungen stagnierten. Noch immer zeichnete sich keine Bewegung in Jordìs Umfeld ab.

Ihre geheime Idylle wandelte sich in eine unwirkliche Parallelwelt. Mia wünschte sich, zu existieren.

Mit Herzblut würde sie alle nötigen Wege bahnen. Mia war verwundert über sich selbst: Sie war bereit, alles umzuwerfen und umzudenken; die vormaligen Karriereziele waren kein Selbstzweck mehr. Plötzlich war außer dem Zusammensein nichts mehr wichtig.

Mia war entschlossen. Wenn Jordì in Spanien bleiben wollte, würde sie berufliche Möglichkeiten finden, Katalanisch lernen, die Herzen seines Umfelds erweichen. Die Sternstunden mussten Realität werden.

Doch noch war in keiner Welt Platz für sie beide. Seine Familie verweigerte nach wie vor resolut jedes Treffen. Mia sah, wie Jordì unter dem Spießrutenlauf litt.

Sie hatte so viele Vorschläge gemacht, von einer Postkarte bis zu einem Abstecher nach Besalú auf einen Kaffee. Die Situation musste endlich aufgelockert werden, anstatt sich weiter zu verfestigen. Jordì hielt davon nichts. Er versicherte ihr immer wieder, dass es nur eine Frage der Zeit sei und sich die Dinge in seiner Heimat langsamer bewegten.

Jordì versprach, dass sich alles einrenken würde, und Mia versuchte, ihm Glauben zu schenken. Doch die Skepsis saß tief und ihr waren die Hände gebunden.

ER: Familiengefüge

„Nein, Jordì, nein. Ich werde kein Wort mit dieser Person wechseln! Niemals." Erbost wendete sich Baptiste von seinem Enkelsohn ab. Wohin waren sie gekommen, dass dieser solche Widerworte gab? Das musste eine Unsitte dieses Mädchens sein.

Beschwichtigend legte ihm Catarina die Hand auf den Unterarm, aber Baptiste war außer sich. „Pare, es sind doch die Feiertage. Auf einen Kaffee?"

Er funkelte seine Tochter mit bösen Augen an und zog seinen Arm aus ihrem sanften Griff. Jetzt durften sie in keinem Fall nachgeben. Erst war es ein Kaffee, doch ehe sie es sich versähen, säße das Mädchen bei ihnen im Landhaus, wo seit Generationen Familiengeschichte geschrieben wurde.

Schon einmal hatte er den Fehler gemacht und hatte einen Ausländer an ihrem Tisch sitzen lassen; anders als bei Jordìs Vater würde ihm das nicht noch mal widerfahren.

Baptiste würde keinen Zentimeter ihrer Heimat preisgeben und einen zerstörerischen Eindringling erst recht nicht willkommen heißen. Die alte Familie verkörperte katalanische Tradition; dazu kam die prominente Rolle im lokalen gesellschaftlichen Gefüge. Nicht auszumalen, welch hämisches Gerede ein Besuch hätte. Dass Eulàlia nicht mehr im Familienkreis verkehrte, hatte sich bereits im Dorf herumgesprochen. Die Gerüchte, was den jüngsten Familienspross zu einem solchen kurz gedachten Schritt bewogen hatte, kochten an jedem Wochenende hoch, an dem er sich nicht an den gewohnten Orten blicken ließ, sondern in Barcelona blieb oder verreiste.

Baptiste ließ die Dahergelaufene sicher nicht die Ehrwürdigkeit der Familie in Zweifel ziehen; wenn es sein musste, würde er sie alle vor einer solchen unerwünschten Störung beschützen.

Zunächst hatte Baptiste dem Lauf der Zeit vertraut. Er war davon ausgegangen, dass Jordì mit den Schmetterlingen jugendlichen Übermuts seine Neugierde auslebte und sich der Reiz des Unbekannten rasch verflüchtigen würde. Doch in Jordìs Kopf hatte sich eine Vorstellung festgesetzt, die sich mit Widerhaken gegen jede von Baptistes geschickten Bemühungen wehrte, die Flausen klammheimlich aus den streunenden Gedanken zu zupfen und aus ihrer aller Leben zu verbannen.

Das Mädchen würde ihm nicht guttun; außerdem – was wusste Jordì überhaupt über sie? Nach allem, was Baptiste herausgehört hatte, war ihr familiärer und sozialer Hintergrund zweifelhaft und sie schlug sich mit Nebenjobs durchs Leben. Was auch immer sie treiben mochte, eine Erbschleicherin bräuchte das Familienunternehmen nicht. Wenn sein Enkelsohn sich weiter sträubte, würde Baptiste ihn zur Not auch mit starker Hand zur Vernunft bringen.

Den Freiheitsdrang konnte er nachvollziehen. Selbstredend hatte auch Baptiste in seiner Jugend manchmal kopflos gehandelt; aber Jordì ging ein anderes Risiko ein.

So viel mehr als ein jugendliches Abenteuer setzte er aufs Spiel. Zudem war Jordì gebrechlicher als sein Großvater. Baptiste hatte schon immer fest auf beiden Beinen gestanden. Schon als Kind und Jugendlicher hatte ihn nichts aus der Ruhe gebracht. Bei seinem Enkel hatte Baptiste dagegen schon oft gesehen, dass dieser bei Schwierigkeiten ins Schlingern geriet und bei steigendem Druck zu zerbrechen drohte.

Den fragilen Zug kannte Baptiste von seiner Tochter. Er hatte es versäumt, Einfluss darauf zu nehmen, dass diese den richtigen Partner auswählte und das Resultat schmerzte ihn noch heute. Dadurch war er aber zumindest darin gewachsen, seine Abkömmlinge in fürsorglich vorausschauender Art wirksamer vor Schwierigkeiten oder Zusammenbrüchen zu bewahren. Über die Jahre hatte er ein sicheres Gespür entwickelt, was welches Familienmitglied brauchte und insbesondere, welchen Belastungen die zarten Gemüter der Tochter oder des jüngsten Enkelsohns nicht mehr standhielten. Schon im Vorfeld trug er dafür Sorge, mögliche Klippen sicher zu umschiffen.

Die jüngsten Umschwünge bereiteten Baptiste größten Kummer. Das Mädchen in Deutschland übte auf Jordì nach wie vor eine unberechenbare Anziehungskraft aus, die ihm zum Verhängnis werden konnte.

In der Ferne würde Baptiste die Anzeichen einer Überlastung nicht rechtzeitig lesen und Jordì schützen können. Baptiste hatte schon immer mit sich gerungen, inwieweit er seine Augen verschließen und seinen Enkelsohn auf Catarinas versöhnliches Drängen ziehen und

Erfahrungen sammeln lassen musste. Sein Bauchgefühl sagte ihm, dass die Dinge inzwischen so weit fortgeschritten waren, dass er zum Wohl der gesamten Familie keine Nachsicht mehr üben durfte. Catarina gab in ihrer Sanftmut den Wünschen ihres Sohnes nach. Doch auch sie würde es nicht verkraften, Jordì womöglich langfristig weit entfernt von sich zu wissen.

Baptiste war Jordìs Abkehr von der Heimat Schmerz und Sorge zugleich. Die deutsche Freundin versinnbildlichte eine unkontrollierbare Gefahr für ihren Familienfrieden, die er zum Wohle der Familie ausschalten musste.

ER: Ernüchterung

Jordì war wie von Sinnen. Eine so tiefe Ablehnung und heftige Reaktion seines Großvaters hatte er nicht erwartet; noch nie hatte er ihn so erlebt. Baptiste war bekannt für seine starke und dominante, aber auch für seine herzliche Art.

Auch wenn Jordì sich oft unterordnen musste, war er dankbar, dass er immer auf Baptiste setzen konnte – was auch kam. Jetzt aber wusste Jordì, dass er eine Grenze überschritten hatte. Eulàlia war ein Teil der Familie und der

Zukunftsperspektive gewesen und er hatte sie nach einem Auslandsaufenthalt gegen alle gesellschaftlichen Konventionen weggestoßen. Er hinterließ zerplatzte Träume zweier Großfamilien und eine klaffende Wunde, indem er selbst immer mehr von der Bildschwäche verschwand.

Als sei all das nicht genug, sank mit Mia und dem Studium greifbar die Wahrscheinlichkeit, dass er bald in das Familienunternehmen eintreten und seine kontinuierlichen Ausflüge ins Ausland endgültig einstellen würde.

Ernüchtert blickte Jordì in das entschlossene Gesicht seines Großvaters. So wie er Mia sah und kannte, würde auch die Familie sie eines Tages wertschätzen lernen, und vielleicht heilte die Zeit alle Wunden. Noch war sie hierfür aber erkennbar nicht reif.

Jordì fühlte einen schweren Stein in seinem Magen. Ein Treffen war ausgeschlossen. Absehbar kehrte also sicher keine Normalität ein. Wie würde er es Mia beibringen? Er sah ihre großen, enttäuschten Augen vor seinem Inneren und fühlte sich gefangen. Gefangen zwischen zwei Welten, die sich so fremd waren, aber ihm beide so nah. Getrieben von Wünschen und Sehnsüchten und zurückgehalten von Konventionen und Verpflichtungen.

Wo war sein Platz und würde er die Fronten jemals vereinen können? Jordì holte tief Luft: Er würde zu seinem Wort stehen. Er hatte Mia versprochen, dass sie seinen liebsten Feiertag gemeinsam verbringen würden. Wenn sein Großvater hartnäckig die Tür nicht öffnen und Mia nicht in Katalonien willkommen heißen wollte, dann würde eben Jordì über Sant Joan nach Deutschland fliegen.

ER: Krater

Erneut stritten Enkelsohn und Großvater erbittert. Catarina wandte den Blick ab. Jordì trieb einen Keil in die Familie.

Wie ein Fels in der Brandung stand Baptiste für die Großfamilie ein. Ihnen allen hatte er stets ein sicheres und stabiles Fundament geboten. Aber Jordì begehrte auf und fügte sich nicht ein. Müsste sie sich als Mutter für die rebellischen Wünsche ihres Sohnes gegen den eigenen Vater und das Familienoberhaupt stellen? Das konnte nicht richtig sein.

Catarina verstand ihren Sohn, der in seinem Widerstand einem Bauchgefühl folgte. Auch sie hatte einmal stoisch allem Gegenwind standgehalten. Doch am Ende hatte Baptiste recht behalten. Ihre damalige große Liebe war nicht der Schwiegersohn gewesen, den sich die Familie gewünscht hatte. Im Gegensatz zu ihrer guten Herkunft stammte Jordìs Vater aus einfachen Verhältnissen und war zudem kein Katalane. Mit seiner tatkräftigen Art hatte er damals schließlich Baptistes Wohlwollen gewonnen. Nach ein paar Jahren in seiner Heimat in England würden sie womöglich zurückkehren und Baptiste könnte das Familienunternehmen in die Hände seines Schwiegersohns legen.

Doch der Zauber der Jugendliebe verflog. Catarina war in der Fremde einsam gewesen und die junge Familie kam auf keinen grünen Zweig. Weder an die Sprache noch an das Wetter hatte sie sich gewöhnen können. Als ihr ältester Sohn Jaume erkrankte, veränderten sich die Gesichtszüge ihrer großen Liebe. Wenn ihr Mann vom Krankenhaus nach

Hause zu Catarina und den beiden Kleinkindern zurückkehrte, verschloss sich seine Miene. Eines Tages kam er von seinem Besuch bei Jaume gar nicht wieder.

Wenn Catarina ihre drei Kinder sah, bereute sie die von ihrem Gefühl geleitete Entscheidung nicht. Doch sie wollte nicht, dass Jordì Ähnliches widerfuhr. Ihr Vater Baptiste konnte ihr bisweilen traumtänzerisches Wesen erden; offenbar brauchte auch Jordì das von seinem Großvater.

Im Grunde wollte Catarina ihrem Sohn beistehen und die harte Front erweichen. Doch wenn Baptiste die Situation mit dem deutschen Mädchen so eindeutig sah, würde sie sich nicht dazwischen stellen. Baptiste behielt am Ende immer recht, das hatte sie die Erfahrung gelehrt.

Außerdem wurde es schlicht zu viel. Der schwelende Konflikt entzweite nicht nur Großvater und Enkel. Selbst ihr geliebter jüngster Sohn durfte die Familie nicht so in den Grundfesten erschüttern. Genau das würde Jordì aber mit seiner Abreise über Sant Joan tun.

Es war Jordìs Lieblingsfest, aber Mia musste an diesem Samstag arbeiten. Als sie aufstand, räkelte Jordì sich und gab ihr einen verschlafenen Kuss. Leise schlich sie auf Zehenspitzen durch den Flur ins Schlafzimmer, bevor sie aufbrach: Während ihrer Dusche war Jordì wieder fest eingeschlafen und hatte sich mehrfach in die gesteppte Bettdecke eingewickelt und Mia in seiner Umarmung durch eines der Kissen ersetzt. Mia strich ihm lächelnd über den Rücken und küsste ihn auf die Wange. Als sie vorsichtig die Tür hinter sich zuzog, fühlte sie sich trotz des bevorstehenden langen Tages federleicht und freute sich auf den gemeinsamen Abend.

Die Stunden vergingen im Flug und schon beendete Mia ihre Schicht. Sie machte sich beschwingt auf zum Treffpunkt. Endlich war es soweit: Jordìs Augen hatten jedes Mal geleuchtet, wenn er von der Nacht des Feuers erzählte; Sant Joan war für ihn ein einzigartiges Fest.

Er verbrachte den Tag im katalanischen Verein Casal Català und sie hatten vereinbart, dass Mia dazustoßen oder ihn abholen würde. Als sie ankam, war die Veranstaltung schon beendet, aber die Vereinsmitglieder und Freunde standen noch beisammen. Jordì entdeckte Mia in der Menge und winkte sie herbei. Der Vorsitzende des Heimatvereins begrüßte sie freundlich und ehe Mia es sich versah, hielt sie ein Glas Wein in der Hand und bewegte sich natürlich inmitten der Gruppe.

Es wurde lautstark diskutiert und geplaudert, ohne dass es eine Rolle spielte, wer Katalane oder wer Deutscher war. Mia unterhielt sich mit einem jungen Ehepaar. Aus einer Urlaubsbekanntschaft war die Verbindung fürs Leben geworden; sie war für ihn nach Deutschland gezogen, dafür sprach er fließend Katalanisch. Den Sommer verbrachten sie bei ihrer Familie, die Winterferien bei seiner. Mia spürte einen Auftrieb: Es war also möglich.

Im Gegensatz zu allen Eindrücken aus Jordìs Heimat waren die Gesten der Vereinsmitglieder herzlich. Niemand störte sich daran, dass sie nicht landsmännisch war oder er aus Barcelona nach Deutschland reiste.

Der ältere Herr aus dem Vorstand ließ Mia und Jordì nicht ziehen, ehe sie alle seine Fotos von der letzten großen

Veranstaltung bewundernd angesehen hatten. Jordì musste hoch und heilig versprechen, dass Mia das nächste Fest seines Namenspatrons miterleben würde. Die althergebrachten Bräuche wurden Mia farbenfroh geschildert: Sant Jordì war das Fest des katalanischen Nationalhelden und Drachentöters und die Liebenden beschenkten einander an diesem Tag. Das Bild beherrschte das Leben auf den Straßen und Plätzen Kataloniens und verzauberte die Stimmung: Die Frauen erhielten die traditionelle rote Rose und die Männer ein Buch.

Mia versuchte, sich das Bild mit Jordì am Fest seines Namenspatrons im kommenden Frühjahr vorzustellen. Sie dachte an Barcelona und die Schilderungen aus Besalú und so sehr sie sich bemühte, es gelang ihr nicht. Lange lag sie in dieser Nacht mit kreisenden Gedanken wach.

Die heimischen Traditionen fanden im katalanischen Verein wahrscheinlich nur einen leichten Widerhall. Weder gab es gefüllte, lebendige Straßen wie im April an Sant Jordì, noch konnte er das eindrucksvolle Feuerwerk von Sant Joan im Sommer miterleben, geschweige denn die wahrscheinlich einzigartige Stimmung im Dorf seiner Kindheit.

Dennoch hatte Jordì darauf bestanden, dass er an diesem Wochenende zu ihr reiste. Sie hatte sich zunächst gewundert und nach seinen ausweichenden Antworten geahnt, dass in seiner Heimat nach wie vor kein Platz für sie beide war. Mia war dankbar für Jordìs Geste und seinen Besuch. Doch zugleich durchströmte sie eine tiefe Traurigkeit. Mit ihr stand Jordì im Nichts.

Die freundlichen Eindrücke des Tages weckten Zweifel, ob der andauernde Zwiespalt wirklich ein kulturelles Problem war. Sorgte sich die Familie womöglich nur, dass der geliebte Sohn auswanderte? Mia wollte ihnen Jordì nicht wegnehmen; doch sie hatte auch keine Chance, diese Angst aus der Ferne zu bekämpfen. Ihre Beteuerungen gegenüber Jordì konnten nichts bewirken und ohne ein persönliches Kennenlernen wuchsen die Bedenken mit jeder seiner Reisen fortwährend.

Mit einem warmherzigen Lächeln und einer Geste des gegenseitigen Willkommens könnten sie die quälenden

Sorgen ausräumen – daran glaubte Mia zutiefst. Die Wahl einer einzigen, ausschließlich gelebten Heimat war eine Illusion. Mia glaubte nicht, dass Jordì jemals sein Zuhause vergessen würde, selbst wenn er auch in Deutschland Wurzeln schlüge. Sie jedenfalls erwartete nichts dergleichen von ihm, sondern wollte lediglich an seiner Seite sein.

Nach weiteren Wochen ohne Fortschritte stellte Mia schließlich frustriert ihre Bemühungen ein, Katalanisch zu lernen. Wozu sollte sie eine Sprache lernen, wenn niemand bereit war, sie mit ihr zu sprechen? Es schmerzte sie, dass sie ohne eine Chance abgestempelt wurde und dazu noch einen Krater in Jordìs Heimatgefühl riss.

Mia wurde den Eindruck nicht los, dass Jordì für jedes Treffen mit ihr eine Schlucht überwinden musste. Mit Elan hatte sie Bücher bestellt, Vokabeln eingeübt und sich für den nächsten Sprachkurs an der Universität angemeldet. Doch erkennbar war es nicht die Sprachbarriere, die sie trennte.

Mia wusste nicht, ob es an der Mentalität oder der Nationalität lag, an der Kultur oder an den gesellschaftlichen Regeln – oder letztlich doch an einer tiefen

Verlustangst. Als sie Jordì im katalanischen Verein abgeholt hatte, war sie jedenfalls auf Herzlichkeit gestoßen.

Dagegen drang aus Jordìs Heimat noch immer kein warmes Wort. Wenn sie sich nach dem Stand der Dinge erkundigte, wirkte Jordì bedrückt. Mia fürchtete, dass es nur eine Frage der Zeit war, bis schließlich einer von ihnen an dem Konflikt zerbräche.

ER: Der Schützling

Teo war „el presi", der Präsident der Gruppe. Jordì gehörte dazu, seit er im Fußballverein in ihre Mannschaft gesteckt worden war. Teo war aufgefallen, dass Jordì mit den Jungs aus dem Dorf zu kämpfen hatte. Aus dem Bauch heraus mochte er den Neuen und so hatten sie ihn ohne Umschweife in ihrer Clique aufgenommen. Seit diesem Moment war Jordì im Dorf immun gegen alle Querelen gewesen. Teos Wohlwollen war die beste Verteidigung, denn nicht nur im Fußballclub war sein Wort Gesetz. Wenn sie Jordì auf dem Schulhof abholten und abends auf der Plaça gemeinsam mit ihren Mofas vorfuhren, war der Schutzwall gebaut. Teos Gruppe war in der Region bekannt. Stolz demonstrierten sie ihre motorisierte und im Zweifel auch schlagkräftige Präsenz. Wer sich mit einem Gruppenmitglied anlegte, würde es mit ihnen allen aufnehmen müssen.

Doch nun brach sein Schützling aus ihren Reihen aus. Teo hatte bereits Bauchschmerzen gehabt, als Jordì für seinen ersten Auslandsaufenthalt aufbrach. Es war eine fremde Welt, die er nicht einschätzen konnte.

Teo wusste sich durchzusetzen, aber er hatte das Herz am rechten Fleck. Er hatte seine Freunde im Blick und wusste, wer Hilfe brauchte oder Ablenkung. Nun aber war eine Fremde aus dem Nichts in ihrem Leben aufgetaucht und ließ die gewachsenen Strukturen und den Gruppenzusammenhalt ins Wanken geraten. Natürlich war der eine oder andere schon einmal draußen gewesen, im Urlaub auf Bali oder in Australien, in den USA oder in Peru. Aber niemand war geblieben. Jeder war in das gemeinsame Zuhause zurückgekehrt.

Plötzlich gerieten die verlässlichen Mauern ihrer heimischen Festung ins Wanken. Würde Jordì ihnen den Rücken kehren und Katalonien langfristig verlassen? Würde er als großer Gewinner zurückkehren und ihren beschaulichen Lebensalltag in den Schatten stellen? Teo fragte sich, ob ihre Freundschaft und der enge Zusammenhalt auf der Strecke blieben: Würde Jordì sie als Kosmopolit vergessen oder gar belächeln?

Die Veränderung gab Teo ein mulmiges Gefühl. Sie waren doch eine Familie: Jedes Wochenende saßen sie zusammen auf der Plaça Major, rauchten, tranken ein Bier, lachten und machten Blödsinn. Wenn sich die wichtigen Fragen des Lebens stellten, konnten sie gerade in dieser Verfassung, zufrieden und sicher gehalten, die notwendigen Antworten finden. Doch Jordì griff die Fundamente an, indem er den heimischen Lebensweg hinterfragte.

Ja, Jordì war immer etwas anders gewesen: Er hatte ein inneres Streben, das ihn immer wieder ausbrechen ließ, war ehrgeizig und zielstrebig. Schon als er zu ihnen gestoßen war, schmiedete er große Pläne. Sie hatten sein Fernweh als Träumerei abgetan, als Flucht vor der Verantwortung für das Familienunternehmen.

Aber Jordì hatte seinem wohlbehüteten Aufwachsen zum Trotz immer wieder über den Tellerrand geschaut, selbst wenn er mit einer blutigen Nase zurückkehrte. Jedes Mal dachte Teo, dass es das letzte Abenteuer war. Aber nach tieftraurigen Episoden in der einsamen Ferne überraschte Jordì doch jedes Mal mit einer neuen Idee, kaum dass er erleichtert in den Schoß der Heimat zurückgekehrt war.

Was zog Jordì nach draußen? Teo wusste es nicht. Er wollte seinem Freund Gutes, aber war das Gute nicht bei ihnen?

Bisher zumindest war er immer zurückgekommen. Das Mädchen in Deutschland bedeutete jedoch eine schwelende Gefahr, und zwar für sie alle.

Endlich kam Jordì auf die Plaça spaziert. „Da bist du ja endlich!", rief Teo. „Wo ist sie denn, deine deutsche Kartoffel, la famosa patata alemanya, oder doch eher eine osteuropäische Pierogi?"

Er knuffte Jordì in die Seite: „Schau nicht so trüb daher, hier sind alle deine Freunde und dazu viele hübsche Frauen.

Da ist doch sicher etwas für dich dabei. Wie wäre es mit der zum Beispiel?" Teo deutete wahllos in die Menge.

Jordì verdrehte die Augen. „Nun hör schon auf, du Witzbold. Wenn du sie einmal kennenlernst, wirst du mich verstehen." Teo zuckte die Schultern: „Aber sie ist ja nicht da und was du hier machst, kann sie auch nicht sehen. Was ist nur aus dir geworden? Ein richtiger Pantoffelheld!" Die umstehenden Freunde lachten.

Auch Marta kicherte und sah zu Jordì hinüber. „Du hast dich wirklich verändert, Jordì. Hoffentlich vergisst du uns nicht ganz in der weiten Welt. Hier gibt es ja nur – " Teo unterbrach sie. „Alles, was man sich nur wünschen könnte! Genug des Trübsals, die nächste Runde geht auf Jordì."

Als Jordì in den Morgenstunden nach Hause ging, war er bedrückt. Ein Abend wie der heutige – mit Bingo, Botifarras und Zigaretten, dazu der rasche Schlagabtausch im herben Dialekt von Besalú – hier würde Mia kaum hineinpassen. Jordì fragte sich, ob das vielleicht auch für ihn selbst galt und wohin er wirklich gehörte.

§ 4 ABGRÜNDE

Schatten

ER: Verkannte Spiegelbilder

Dankbar drückte Jordì Mias Hand. Ihre sanften Worte lösten seine innere Anspannung und die zermürbenden Sorgen schmolzen langsam dahin.

Kaum kam Mia am Flughafen an, kehrte Ruhe in Jordìs Herzen ein. Fernab vom Unmut im Norden Kataloniens schwebten sie durch die nächtlichen, bunten Lichter der belebten Stadt. So sollte das Leben sein.

Immer wieder sprach sie ihm Mut zu. Alles konnte er erreichen, wenn er nur wollte. Hart arbeitend, aber mit einem Lächeln auf den Lippen. Seine Familie würde seine Wege verstehen, sobald sie Jordì glücklich sähe.

Mia versuchte dabei ein Lächeln, doch ein dunkler Schatten huschte über ihr Gesicht.

Jordì wollte ihre zusprechenden Worte verinnerlichen und daran glauben, dass alles möglich war. Dennoch stahlen sich die nagenden Selbstzweifel immer wieder in sein Herz. Egal, welche Meilensteine er passierte: Er fühlte sich schlecht, weil er den Traum seines Großvaters vernachlässigte.

Natürlich würden seine Kenntnisse aus dem Studium dem Unternehmen zugutekommen; doch Jordì wusste, dass seine Beweggründe andere waren. Er wünschte sich ein Ticket in die Welt. Sprachkenntnisse und Fachwissen, mit denen er aus der Enge Besalús herauswachsen könnte.

Jordì wusste, dass der Großvater das Familienunternehmen nur in seine Hände geben könnte. Mit seinem älteren Bruder Jaume hatte das Schicksal gespielt; die Ärzte hatten die Infektion des kleinen Jungen nicht ernst genommen. Niemand hatte für möglich gehalten, dass ihm eine Standardimpfung fehlte. Seither saß Jaume im Rollstuhl. Jordì war noch ein Baby gewesen, als das Familienleben sich mit einem Schlag umkrempelte. Als sei das nicht genug gewesen, verschwand daraufhin sein Vater von der Bildfläche und Catarina kehrte als junge Mutter mit drei Kindern gebrochen in die Heimat zurück.

Seine Schwester Elena litt an einer Lernschwäche und hatte schon die Mittelschule nur mit Mühe und Not abgeschlossen. Lange hatte der Großvater gezogen und gezerrt; er hatte keine Kosten und Mühen gescheut, um alles Potenzial aus seiner Enkelin herauszuholen. Elena stolperte und haderte und erst die Ausbildung im Pferdegestüt des Großonkels ließ sie aufblühen; dass sie das millionenschwere Bauunternehmen übernehmen konnte, war ausgeschlossen.

Früh musste Jordì so erkennen, dass ihm keine Wahl blieb. Schon in der Schulzeit wurde der Großvater nicht müde, seinen Enkelsohn als den künftigen Nachfolger anzupreisen. Jordì liebte es, in den Schulferien mitzuarbeiten; aber die Rolle des Firmenchefs und Gutsherren passte ihm nicht.

Als Nesthäkchen und Hoffnungsträger war Jordì umsorgt und verwöhnt worden. Für seine Mutter war er ein Geschenk des Himmels. Erst viele Jahre nach Jaume und Elena hatte sie Jordì nach einer komplikationsreichen Schwangerschaft zur Welt gebracht. Er war ihr persönliches Wunder und wärmte in seiner unbedarften Fröhlichkeit ihr Herz. Wenn er nicht in der Nähe war, verging keine Nacht, in der sie nicht aufwachte und sich fragte, ob Jordì wohlbehütet eingeschlafen war und es ihm gut ginge.

Jordì wusste um sein warmes Nest, das sich dennoch wie ein goldener Käfig anfühlte. Er fühlte sich schuldig, dass er seinem eigenen Fleisch und Blut den Rücken kehrte. Sogar sein Heimatland und den katalanischen Traum ließ er im Stich.

Mia brachte die vorwurfsvolle innere Stimme zumindest zeitweise zum Schweigen. Ohne es erklären zu können, fühlte er sich in ihrer Nähe geborgen und angenommen. Der Erwartungsdruck löste sich von seinen Schultern. Sein innerer Kritiker war in ihrer Anwesenheit besänftigt.

Wenn er daran dachte, wie sein Großvater ihn wegen der aufmüpfigen Umbrüche anfunkelte und seine Mutter traurig zu Boden blickte, fand er Trost in Mias Umarmung. Ihre schlaftrunkenen Küsse, wenn er spät in der Nacht ins gewärmte Bett schlüpfte, stärkten seine Willenskraft. Er konnte und würde auf eigenen Beinen stehen und jede Herausforderung meistern. Vielleicht war die Zeit noch nicht reif, doch die Familie würde seinem Mut eines Tages Respekt zollen und ihm vergeben.

SIE: Irrwege

Als wäre die südländische Front nicht genug, ließ sich auch Onkel Pawel nicht erweichen. Mia verstummte schließlich. Wenn er taub für jedes ihrer Worte war, blieb ihr nichts anderes übrig. Auch wenn es das letzte Familienband war – die harte Haltung bei Onkel wie Nichte würde es kappen.

Noch immer war es für ihren Onkel unerklärlich, wie Mia ein scheinbar perfektes Leben aus einer Laune heraus wegwerfen konnte und wie sie sich kopflos in ein Abenteuer stürzte, obwohl sie selbst in dieses nicht eintauchen konnte.

Aus dem vorwurfsvollen Blick des Onkels sprach ihre Mutter. War Mia der katalanischen Familie nicht gut genug? Verkaufte sie sich mit dem ewigen Versteckspiel unter Wert?

Mia versuchte, die hämischen Kommentare aus ihrem Herzen zu verbannen, und zog innerlich und äußerlich Grenzen.

Auch wenn Jordì und sie scheinbar überall auf verlorenen Posten kämpften: Mia wollte noch immer darauf vertrauen, dass das Leben ihnen eine Chance geben würde und sie mit Jordì erstmals ihr Zuhause fände, wo auch immer es sein mochte.

ER: Durchhaltevermögen

Jordì war erschöpft. Er versuchte, einen Mittelweg zu finden, um die Welten zu verbinden, aber nichts war genug. Seine Hoffnung zielte auf eine langsame Annäherung, doch auf beiden Seiten erntete er nichts als Skepsis und Kritik, egal wie sehr er sich bemühte. Mia wurde dazu immer ungeduldiger. Wenn sie über die chronische Problematik sprachen, drückte ihre Körpersprache nicht nur Unverständnis, sondern Verletzung aus. Sie wollte nicht verstehen, dass der Groll der Familie nicht gegen sie als Person gerichtet war, sondern gegen das gesamte Konzept des radikalen Umschwungs: In den Augen seiner Familie war Mia verantwortlich, dass sie mit Eulàlia die erkorene Schwiegertochter verloren und die mit Herzblut geschmiedeten Zukunftspläne zerschellten. Jordìs Familie schmerzte zudem, dass er mehr noch als sonst abwesend war: Wenn er nicht nach Deutschland flog, verbrachte er die Wochenenden zu oft dennoch auswärts, nämlich mit Mia in Barcelona.

Jordì hatte den Eindruck, dass Mia die zermürbenden Sorgen in Familie und Freundeskreis auf eine neue Dimension hob: Plötzlich war sein Fernweh keine jugendliche Eskapade mehr, sondern es stand der völlige Verlust des geliebten Enkelsohns, Bruders und Freundes in den Norden als realistische Option im Raum. Der greifbare Berufs- und Lebensweg in Deutschland flößte offenbar unverändert große Angst ein, aber seine Umwelt war noch nicht bereit, Mia oder das neue Umfeld in Deutschland kennenzulernen und das schwarze Loch mit Farben und Gesichtern zu füllen. Sie mussten daher behutsam handeln und durften angesichts der gereizten Gemüter nichts überstürzen.

Langfristig würde sich die Familie sicher daran gewöhnen, dass sich Jordìs Lebensmittelpunkt zeitweise verschob und er sie nur noch in den Ferien oder an verlängerten Wochenenden und Feiertagen besuchte: Bei diesen Gelegenheiten und am Telefon würde er die

Familienbande umso bewusster pflegen und auch ihnen stünden die Türen in Deutschland jederzeit offen. Gerade seine Mutter liebte ohnehin die mondäne Welt der Großstädte, und Jordì war zuversichtlich, dass sein Umfeld auswärtige Treffen und Reisen als einen neuen Lebensstil über kurz oder lang schätzen lernen würde.

Noch allerdings brannten sich der vorwurfsvolle Blick des Großvaters und die fordernden Ansprachen von Teo und Marta in Jordìs Herz. Zu allem Überfluss kochte gerade jetzt der erbitterte Zwiespalt zwischen Katalonien und Spanien in ungeahnter Stärke auf und er war nicht vor Ort.

Jordì versuchte, sich mit Mias Beschwichtigungen zu entschuldigen: Vielleicht könnte er der Bewegung im Ausland gar dienlicher sein und internationale Aufmerksamkeit auf die katalanischen Ziele lenken?

In jedem Fall musste Jordì weiterhin in der Heimat allein Präsenz zeigen und doch Entschlossenheit demonstrieren. Mia fiel es in ihrem gewohnten Aktionismus ersichtlich schwer, die Hände in den Schoß zu legen. Doch die Dinge brauchten auf allen Ebenen Zeit und sie mussten ihnen ihren

Lauf lassen. Für die brodelnden Krisenherde benötigten sie Geduld und einen langen Atem.

Doch das schlechte Gewissen nagte.

SIE: Zündstoff

Bei Jordìs nächstem Besuch wunderte sich Mia über das feurige Funkeln in seinen Augen. Politisch kannte sie ihn so nicht. Er hatte ihr schon oft von der langen Geschichte der Unterdrückung des katalanischen Volkes durch Spanien erzählt. An diesem Abend aber glühte er: Die wirtschaftlichen Benachteiligungen hätten die Grenze des Unerträglichen erreicht und müssten ein Ende finden. Der Zustand der öffentlichen Straßen sei eine Zumutung und die intakten Autobahnabschnitte in Katalonien lägen in privater Hand. Obwohl sie die meisten Steuergelder zahlten, könnten sie sich anders als der Rest Spaniens nicht kostenfrei und zuverlässig fortbewegen, sondern würden durch hohe Mautgebühren behindert. Als wäre das nicht genug, hielt die spanische Zentralregierung weitere Schikanen bereit. Absichtlich würde der Pendlerverkehr nach Barcelona durch Blockaden verengt und lahmgelegt.

Mia sah Jordì fragend an: „Hast du nicht eben von einem Unfall auf dem Streckenabschnitt erzählt?" Jordì wischte ihre Bemerkung verärgert zur Seite. „Und wenn schon. Sie können nicht weiter so mit uns umspringen."

Jordì war in seinem Redefluss nicht zu bremsen. Es war ersichtlich nicht das Verkehrschaos auf dem Weg zum Flughafen, das ihn auch nach seiner Ankunft noch immer beschäftigte. Tief saßen Zorn und verletzter Stolz; der Ruf nach einer besseren Behandlung wurde in den nördlichen Gegenden Kataloniens immer lauter.

Mia verstand, dass politische Veränderungen nötig waren und viele Fehler der Vergangenheit und Gegenwart ausgemerzt werden mussten. Doch sie begriff nicht, wie selbst in der jungen Generation von Spaniern und Katalanen eine so tiefe gegenseitige Abneigung verankert sein konnte und konserviert wurde. Wo blieb nicht zuletzt das Bild eines geeinten Europas, wenn Katalonien sich aus der spanischen Landkarte schnitt? Es schien schwer vorstellbar, dass die internationale Gemeinschaft ein selbst geschaffenes Land gerade im Konflikt zum spanischen Partner akzeptierte. Waren die Menschen wirklich so unterschiedlich, dass kein gemeinsames Miteinander denkbar war? Nach Jordìs Schilderungen klang es, als würde eine grundlegende Ablehnung schon mit der Muttermilch eingesogen und ab dann fortwährend geschürt werden. Ersichtlich herrschte ein Klima der Wut, das sich immer weiter aufwiegelte. Viele Katalanen fühlten sich ausgenutzt und vermissten Respekt und Privilegien; von spanischer Seite wurde gerügt, dass die Sonderrolle ihre Grenzen finden müsse und das restliche Land nicht unter der Arroganz der störrischen Abtrünnigen leiden dürfe. Anstatt sich solidarisch zu zeigen, so hallte der Vorwurf nach, wollte sich Katalonien, egoistisch motiviert, endgültig abspalten.

Auch die politische Front war verhärtet und die Stimmung spitzte sich zu. Jordì erzählte Mia, dass sich in seiner Heimat und in ganz Katalonien die Mengen mobilisierten. Der Plan eines Referendums nahm Formen an: So viele Menschen wünschten sich die Unabhängigkeit und standen geeint.

Seine Aufmerksamkeit war plötzlich verlagert und es schien, als legte er einen Mantel des Patriotismus um sein

Herz, der ihn auch von Mia entfernte. Er wollte zwar nach Düsseldorf kommen. Dennoch war etwas anders an ihm.

Mia fragte sich, wo Jordì seine Zukunft sah und wie er sich nicht nur in dieser Hinsicht positionieren würde.

Unverständnis

ER: Widerworte

„So, Deutschland soll es nun also sein? Und wer bezahlt dafür?" Baptiste schäumte vor Wut. Offenbar hatte das Mädchen Jordì eine neue unsinnige Idee eingepflanzt. Noch ein Auslandsaufenthalt – und er als Großvater dürfte selbstredend für die Kosten aufkommen, um seinem Enkelsohn den Steigbügel für die launenhaften Streifzüge in die Ferne unter dem Deckmantel des Studiums zu halten. Das Theater musste ein Ende finden. Was auch immer die törichten Kinder im Schilde führten, seine Unterstützung fände es nicht.

Jordì blieb stur. Das Studienprogramm in Düsseldorf sei als Auslandssemester geradezu auf ihn zugeschnitten; das Stipendium decke ohnehin alle Kursgebühren ab. Er dürfe eine solche Chance nicht verpassen. Baptiste schenkte keinem der Worte Glauben. „Wie ein verliebter Schuljunge rennst du einem Mädchen hinterher und erzählst hanebüchene Geschichten. Was hier in Katalonien passiert, ist dir also völlig gleichgültig?"

Jordì errötete. Der Plan stammte von ihm, nicht von Mia. Aber er konnte nicht abstreiten, dass der Gedanke an sie seine Entscheidung geleitet hatte. Er wollte über den Tellerrand schauen und wenn er das in Mias Nähe tun könnte, wäre das mehr als nur ein angenehmer Nebeneffekt. Nach all den Flugreisen würde sie nicht einmal mehr eine Zugfahrt voneinander trennen. Und statt der ewigen Turbulenzen würde der Aufenthalt in Deutschland auch hoffentlich etwas von der dringend benötigten Ruhe einkehren lassen; an seiner Verwurzelung und dem Glauben an eine katalanische Unabhängigkeit änderte doch schließlich auch ein Auslandssemester nichts. Aber das wollte sein Großvater erst recht nicht verstehen.

Jordì ertrug die Stille nach dem Streit. Nach und nach sackte die Erkenntnis, dass er aus seiner behüteten Welt ausbrechen musste, ohne auf den Rückhalt seines Großvaters zählen zu können.

SIE: Flucht

Mia wusste nicht, was sie von Jordìs Plänen halten sollte. Offenbar ging auch ihm die Luft aus. An jedem vermeintlichen Ziel erwartete ihn eine Front. Noch immer sperrte sich seine Familie blind gegen Mia. Und obwohl Mia sich bemühte, riss ihr Geduldsfaden.

Auch wenn Jordì es nicht aussprach, vermutete Mia, dass das geplante Auslandssemester ihnen etwas Freiraum von den heimischen Krisenherden schaffen sollte.

Jordì berichtete ihr davon, als sie eines Abends auf dem Heimweg von der Bibliothek am Strand stoppten und barfuß auf dem nassen Sand im seichten Wasser liefen. Das kommende Jahr würde leichter werden; ein Auslandssemester konnte er vor dem Abschluss noch machen.

Die Absicht schimmerte klar konturiert durch seine Schilderungen hindurch: Wenn er erst einmal in Deutschland wäre, ließe sich die Frage vermeiden, warum Mia bei ihren Besuchen in Barcelona bleiben musste und noch immer keinen Fuß nach Besalú setzen durfte, weil die Familie jeden Kontakt verweigerte.

Mia ließ den Blick schweifen und hielt ihre Handgelenke in den Schaum der brechenden Welle. Sie versuchte die weißen Blasen zu halten, aber schon zerstoben sie und das Wasser zog sich für die nächste Woge zurück.

Ihr Herz sollte einen Sprung machen, doch sie fühlte die bevorstehende Nähe nicht. Zu viel lag an den harten heimatlichen Fronten im Argen und anstatt eine Lösung zu finden, lief Jordì davon.

Gewöhnlich vergaß Mia in Jordìs Gegenwart alle Sorgen und auch sich selbst. Er schien ihr Schlüssel zum Glück zu sein und vielleicht hatte sie nur Angst, ihn zu verlieren. Doch sie spürte selbst bei den vermeintlich guten Neuigkeiten einen nagenden Zweifel: Das Zusammensein fußte nach wie vor auf fragilen Stelzen. Unter ihnen wartete der verschlingende Sumpf familiärer Verpflichtungen und sozialer Zwänge.

Jordì bemühte sich um einen Kompromiss oder zumindest eine Auszeit. Aber würde er bei seiner Familie auf Verständnis stoßen oder heizte der geplante Aufenthalt die negative Stimmung nur weiter an? Wenn nur seine

Heimat die Pforten einen Spalt breit öffnen würde, wäre das Leben für alle so viel leichter. Mia wünschte sich, dass Jordì und sie sich in der Zukunft einmal nicht mehr zwischen den Welten im Niemandsland begegnen müssten.

Mia schluckte und schloss die Augen. Sie spürte das schäumende, sandige Salzwasser zwischen ihren Fingern zerrinnen.

ER: Mutterliebe

Tränen standen in Catarinas Augen. Als sich die Schiebetür an der Sicherheitskontrolle hinter Jordì schloss und er endgültig aus ihrem Blickfeld verschwand, liefen sie schließlich unaufhaltsam ihre Wangen hinab und tropften auf ihre Bluse. Baptiste legte den Arm um ihre Schulter und sie schluchzte hemmungslos. Baptiste ballte eine Faust in seiner Hosentasche. „Er kommt wieder."

Bei jedem Abschied kehrte für Catarina der Schmerz wieder, den Jordìs Vater über die Familie gebracht hatte, als er verschwand. Unter dem Protest des Vaters war Catarina mit Jordìs Vater in den Norden Englands gezogen – ohne die Sprache zu sprechen oder eine Vorstellung zu haben, was sie erwartete. Obwohl sie tief gefallen war, bereute sie es nicht. Aber Jordì hielt die Erinnerung an den nur verblassten Schmerz mit seinen Abreisen wach.

Dazu noch war er war seinem Vater wie aus dem Gesicht geschnitten. Wenn sie ihn ansah, wurde Catarina zurückversetzt in ihre jugendliche Liebe und die großen Träume. Nie hätte sie sich vorstellen können, dass diese wie Seifenblasen zerplatzen würden. Als ihr ältester Sohn Jaume in Lebensgefahr schwebte, wurden die Risse sichtbar. Wenige Wochen darauf war ihr Ehemann verschwunden und hinterließ nichts als einen Zettel auf dem Küchentisch.

Catarina wusste nicht, wie sie es geschafft hatte, ihre Kinder zu dieser Zeit zu versorgen. Tagelang verschwieg sie ihrer Familie in Katalonien, was geschehen war, zehrte die Überreste ihrer großzügigen Mitgift aus Baptistes Tasche auf und hoffte still, dass ihr Mann zurückkehrte. Letztlich mussten die Nachbarn Baptiste kontaktiert haben, als der jungen Mutter die Verzweiflung ins Gesicht geschrieben stand. Mit Flugtickets für die Rückreise stand er vor der Tür und brachte die Familie nach Hause. Erst als ihr Vater sie in die Arme schloss, brach sie zusammen und realisierte, dass der stille Abschied ein endgültiger sein würde.

Die ersten Monate in Besalú verbrachte Catarina dann bei ihrer Tante, die sie und die Kinder liebevoll umsorgte. Baptiste ließ währenddessen das Stadthaus der Familie umbauen und die Kinderzimmer einrichten. Das Leben pendelte sich ein. Doch auch nach Jahren löste es Panik in Catarina aus, wenn ein Familienmitglied abreiste, und besonders, wenn es Jordì war.

Jordì zuliebe kämpfte sie gegen die Ängste an; besser für alle war es dennoch, wenn die Familie von vornherein zusammenbliebe. Nun brachten die Launen ihres Sohnes aber viel unnützes Leid über Catarina und erschütterten den Familienzusammenhalt.

Dabei fehlte es Jordì an nichts; zeitlebens war ihm jeder Wunsch von den Augen abgelesen worden. Und doch wollte er der Heimat den Rücken kehren. Verband ihn doch mehr mit seinem Vater, dem all das weder in Besalú noch in England genügt hatte?

Catarina sah auf ihre Armbanduhr und kam langsam zur Ruhe. Mittlerweile musste Jordìs Flieger landen. Auch das Auslandssemester würde vorübergehen und sie würde es überstehen.

Bedächtig blätterte sie im Schatten der Veranda im Familienalbum. Sie erinnerte sich schmunzelnd an die heißen Sommertage auf dem Land bei ihrer Tante. Voller Energie war Jordì jeden Tag aufgebrochen und barfuß und dreckig zurückgekehrt; er sog das Landleben förmlich ein.

Schon damals hatte Jordì seine eigenwilligen Züge gehabt. Der Großvater hatte es nicht geschätzt, dass der Junge sich statt auf dem Herrenhaus lieber bei den Pächtern aufhielt und mithalf. Doch weder sie als Mutter noch die Großtante hatten dem kleinen Strolch etwas abschlagen können. Wenn er am Abend mit strahlenden Augen, einer Gänsefeder hinter dem Ohr und Stroh in den Haaren in ihre Arme stürmte und stolz von seinen Erlebnissen berichtete, Eier aus dem Hühnerstall mitbrachte oder eine sonstige Beute, schlug ihr Mutterherz höher.

Das Leben hatte ihr viele Herausforderungen beschert, aber Jordì brachte Sonne. In seinem kindlich verspielten Naturell trug er sie in ihre eigene Vergangenheit. In diesen Augenblicken war es wieder da, das verklärte Gefühl der unbeschwerten Jugendliebe. Wenn sie Jordì um sich wusste, war ihr leichter ums Herz und wie von selbst blendete sie die harten Zeiten aus. Aus seinem Gesicht lachte sie der unverbrauchte Optimismus vergangener Tage an.

Jordì sollte ihr nicht entwachsen und ihr diese Freude nehmen. Außerdem rankte sich das Schicksal des Familienunternehmens um ihn und sie schuldeten ihrem Vater und Großvater Baptiste, dass er die Zügel beruhigt an Jordì übergeben und seinen Lebensabend genießen konnte. Mit Sorge beobachtete Catarina, dass Jordì dem, und womöglich auch ihrer Mutterliebe, entfliehen wollte.

Insgeheim sah auch sie ihn nicht in der Rolle des Firmenchefs und Familienoberhauptes. Zugleich aber wünschte sie sich sehnlichst, dass er in der Nähe bliebe. Schrecklich war die Angst um ihm, sobald er abreiste. Ein Teil von ihr wollte ihn ziehen lassen und glücklich sehen; doch der andere begehrte auf und brachte es nicht übers

Herz. Schon bei seinem ersten Aufenthalt im Ausland hatte Catarina die Tage gezählt, bis er zurückkehrte und noch heute rief ihr jeder Abschied das zermürbende Gefühl in Erinnerung, weit weg und hilflos zu sein.

Catarina hoffte inständig, dass Jordì seinen Weg in Besalú bahnen und erkennen könnte, was ihn hier hielt. Er hatte alles: eine liebende Familie, wirtschaftliche Sicherheit und die besten Kontakte für die berufliche und private Zukunft.

Sie hatte am eigenen Leib erfahren müssen, dass das Leben auch unbarmherzig sein konnte. Im Schoße der Familie dagegen wäre Jordì sicher. Keinem Schicksalsschlag müsste er sich allein stellen, den das Leben für ihn bereithielte.

In seiner Heimat könnte er gemächlich zum Mann reifen, ohne dabei den unbeschwerten Jungen in sich zu verlieren. Immer wäre Catarina für ihn da, aber er musste es zulassen. Jordì musste aufhören, zu kreisen und zu ihnen zurückfinden.

Ausschreitungen

Als Mia an diesem Oktoberabend nach Hause kam, war Jordì verstört. In seiner Heimat hatte sich ein vielversprechender und lang ersehnter Tag in eine Katastrophe verwandelt. Mia hatte mit Schrecken auf dem Handy die eintreffenden Nachrichten verfolgt und war nach der Arbeit heimgeradelt, so schnell sie konnte – zu Recht. Jordì lief hektisch durch die Wohnung. Ruhelos löste er sich aus ihrer Umarmung und konnte selbst ihren Blick kaum länger als Sekunden erwidern.

Offensichtlich plagten ihn schwere Gewissensbisse, dass er an diesem wichtigen Tag nicht an der Seite seiner Landsleute gestanden hatte. Das Referendum war mit Spannung erwartet worden und die Vorkehrungen versprachen von katalanischer Seite einen friedlichen Ablauf. Weiße Rosen, erhobene Hände, Schleifen an den Bäumen und Fahnen an den Hausfassaden – so sollten Jung und Alt vor die Wahlurnen treten und über Kataloniens Zukunft entscheiden. Natürlich war Jordì bewusst, dass die Abspaltung von Spanien zu einem unabhängigen Staat rechtlich kaum tragbar sein würde; an eine politische Lösung glaubte er dennoch. Doch statt einer friedvollen Meinungskundgabe blieb in den Köpfen das Bild der gewaltsamen Ausschreitungen und Krawalle zurück.

Mia nahm seine Hand und hielt ihn fest. „Du hättest nichts ändern können, Jordì." Sie konnte nicht zusehen, wie er sich quälte. Hilflose Wut mischte sich mit dem Bedauern, kein patriotisches Zeichen gesetzt zu haben, wenn auch nur als einer von vielen.

Mia schob Jordì auf einen Küchenstuhl und brachte ihm einen Tee. „Der Tag ist vorbei, Jordì. Du warst nicht da, aber das kannst du nicht mehr ändern. Vielleicht wirst du hier sogar mehr bewirken als dort in der Masse. Du kannst ein Bewusstsein für die Krise schaffen: Sprich mit Leuten, schreib etwas für die Zeitung oder starte eine mediale Kampagne – erzähle hier von deiner Sichtweise." Er sah noch immer nicht auf. Mia hob seinen Kopf an und sah in entmutigte Züge: „Du hast nichts falsch gemacht."

Jordì richtete sich auf und zeigte Mia die Videos und Bilder, die seine Freunde geschickt hatten, und was in den

Medien kursierte. Die Eskalation war schockierend. Mia nahm Jordì stumm in den Arm und hielt ihn fest. Mit der Zeit wurde er ruhiger, doch ihm standen unverändert Tränen in den Augen.

Mia hatte sich so sehr gewünscht, dass Jordì und sie während seines Auslandsemesters in Deutschland durchatmen könnten; dass seine Familie sich vielleicht an die Vorstellung gewöhnte und mit dem Fernweh ihres Sohnes Frieden schlösse.

Ausgerechnet jetzt brachen in Katalonien die Tumulte aus. Unberechtigt, aber schmerzhaft führten die heftigen Geschehnisse Jordì bildhaft vor Augen, dass er seine Heimat im Stich ließ, wenn sie ihn brauchte.

ER: Banderolen an den Bäumen
Die verbleibenden Wochen in Deutschland zermürbten ihn. Jordì bemühte sich, es Mia nicht spüren zu lassen; doch er war erleichtert, als sein Auslandssemester zum Ende kam. Er sollte jetzt zu Hause sein.

Seit dem tragischen Tag des Referendums plagten ihn Schuldgefühle. Zahllose schlaflose Nächte hatten sie Jordì schon beschert. Doch als er schließlich in Besalú ankam, fielen sie von einem Tag auf den anderen ab und es stellte sich eine innere Gewissheit ein. Hier zählte er und konnte einen Unterschied machen.

Im ganzen Dorf trugen die Bäume als Zeichen des Protests große Schleifen aus gelbem Stoff, und von den Fensterbrettern flatterten die katalanischen Flaggen mit dem großen blauen Stern als Zeichen für die Unabhängigkeit. Friedlich, aber im Zweifel auch mit unnachgiebiger Stärke, wollten sie geeint ihr Ziel erreichen. Die wichtigsten Schlüsselfiguren waren inhaftiert worden und schmorten seit Wochen ohne nennenswerte Ermittlungsmaßnahmen oder eine Anklage in den Gefängnissen. Minister und andere herausragende politische Persönlichkeiten wurden aus ihren privaten Rollen als Familienvater, Tochter oder Bruder gerissen; vermeintlich dafür, dass sie die Menschen aufgefordert hatten, ihre Meinung auf einem unschuldigen Blatt Papier kundzutun. In Jordìs Betroffenheit wallte Zorn auf.

Auf dem Festplatz bauten die jüngeren Männer die Podeste für die Veranstaltung auf, die am Abend stattfinden sollte. Jordì war froh, dass er dieses Mal am richtigen Ort sein würde. Beim Referendum hatte er gefehlt und nicht geschlossen an der Seite seiner Freunde und der Familie gestanden. Das Dorf im Norden bildete auch an diesen Tagen eine geeinte Front und Jordì fühlte sich als Mitstreiter. Aus den Versäumnissen des letzten Jahres hatte er gelernt. Er sah auf das geschäftige Treiben und horchte in sich hinein. Genau hier sollte er sein.

Schachmatt

SIE: Sippenhaft

Als die Nachricht auf ihrem Handybildschirm erschien, gefror Mia das Blut in den Adern. Sie verschlang den Text unter der Schlagzeile und ein kalter Schauer lief ihr über den Rücken.

Monate waren vergangen und das Pendeln über die Ländergrenzen hatte sich zumindest wieder zu einer Routine entwickelt. Die Fronten blieben verhärtet, aber zumindest sahen Jordì und sie sich weiter heimlich in Barcelona oder in Düsseldorf.

Doch nun saß der Anführer der katalanischen Unabhängigkeitsbewegung in Neumünster im Gefängnis. Nachdem er wochenlang unbescholten in Belgien Vorträge gehalten hatte, war er bei der Durchreise auf einer deutschen Autobahn festgenommen worden.

Mia schüttelte sich: ausgerechnet in Deutschland. In der deutschen Politiklandschaft hatte man sich bislang mit Bewertungen der katalanisch-spanischen Krise bedeckt gehalten und auf die Ausschreitungen möglichst neutral reagiert. Die Gewalt wurde verurteilt, aber eine eigene Stellungnahme in der Sache vermieden. Nun wäre jedenfalls die deutsche Justiz in den schwelenden Konflikt involviert – egal, ob es dem politischen Interesse entsprach oder nicht. Mia fragte sich, was das auch für Jordì und sie bedeuten würde.

Wie problematisch die Bestrebungen der eigenmächtigen Abspaltung völkerrechtlich waren, war Jordì bewusst. Doch Mia war nicht klar, inwieweit sich sein Umfeld in der Heimat die rechtlichen Grenzen vor Augen hielt. Die strafrechtliche Verfolgung des politischen Führers stand jedenfalls emotional auf einem ganz anderen Blatt. Die

Gemüter waren gereizt und eine Entscheidung des deutschen Gerichts würde auf die internationale Wahrnehmung ausstrahlen.

Jordì hatte gegenüber Mia eingeräumt, dass politische Unterstützung kaum zu erwarten sei. Zu sehr war Deutschland auf den europäischen Zusammenhalt angewiesen. Gerade in den südlichen Staaten kriselte es bereits zu stark, als dass Raum für eine Einmischung in die spanische Problematik und für einen etwaigen politischen Affront bestand. Doch die Justiz war unabhängig und nun war sie berufen.

Mia hörte Jordì gespannt zu, als dieser über die Tragweite der Entscheidung sprach und die Hoffnung, die er damit verband. Es schien, als berühre der spanische Haftbefehl ihren eigenen persönlichen Konflikt. Nach Jordìs Schilderungen fühlte es sich für Mia an, als strahle das Schicksal der katalanischen Schlüsselfigur auch auf ihre Beziehung zu Jordìs Welt aus. Je nach Ausgang eines Auslieferungsverfahrens könnte die Distanz sich noch weiter vergrößern, oder aber die resolute Ablehnung würde durch eine unterstützende Entscheidung womöglich endlich durchbrochen.

ER: Strategische Kriegsführung

Catarina war erleichtert, als Jordì sein Bleiben über die Frühlings- und Sommerwochen ankündigte. Auch sein Großvater zeigte sich weicher.

Er weckte Jordì im Morgengrauen. Wie früher setzte er sich an seine Bettkante. „Stehlen wir uns für den Vormittag in die Stadt?" Jordì war überrascht. So lange hatte er keine Zeit mit seinem Großvater mehr allein verbracht oder ein tiefes Gespräch geführt; gerade mit ihm, der ihm nicht nur Großvater und Vorbild war, sondern vormals auch engster Vertrauter. Baptiste wartete mit einer Zigarillo auf der Veranda, bis Jordì wenige Minuten später die Treppe auf Samtfüßen hinabstieg, um die restliche Familie nicht aufzuwecken. Es war wieder wie früher.

Nach der üblichen Runde saßen sie schließlich bei einem Vermouth im Café auf den Steintreppen der Pujada de Sant Domènec in Girona, der nächstgelegenen größeren Stadt. Jordì schüttete sein Herz aus: wie sehr er im Ausland seine

Familie vermisste und sich für Katalonien verantwortlich fühlte; dass es ihn dennoch nach draußen zog und was Mia ihm bedeutete. Dass er nicht wusste, wie er sich eine Zukunft ohne sie oder ohne seine Heimat vorstellen sollte und sich sorgte, entweder seine Wurzeln verlieren oder Mia unglücklich sehen zu müssen. Dass sie nach Besalú nicht passte und er sich fragte, wie er die Wege je zusammenführen könnte, um endlich in ruhiges Fahrwasser zu kommen.

Baptiste hörte ihm bedächtig und geduldig zu. Wenn Jordì verunsichert ins Stocken geriet, nickte Baptiste unterstützend mit dem Kopf oder legte wohlwollend seine Hand auf die seines jüngsten Enkelsohnes.

Die leidenschaftlichen Worte hallten in Baptistes Kopf nach, als er den Rauch seiner Zigarillo in die Luft stieß, bis der Kaffee auskühlte. Es war Jordì ernst, aber er hatte ersichtlich auch große Angst, die Heimat zu verlieren und seine Familie im Stich zu lassen. Dass sein Enkel die Konsequenzen und Tragweite eines Auswanderns auch nur im Ansatz realistisch einschätzte, bezweifelte Baptiste. Er spürte, wie ihm die Galle aufstieg. „Dann weiß ich auch schon, wo wir den richtigen Ring für deine Mia finden."

Baptiste erschrak über das Gift, das in diesen Worten lag. Die Perspektive würde Jordì in seiner Aufregung und der kindlichen Art überfordern; gerade jetzt, wo er sich ihm anvertraut und verletzlich gemacht hatte. Doch als er Jordìs entsetztes Gesicht sah, bereute Baptiste seinen Dolchstoß nicht mehr.

SIE: Absage

Mia spürte einen Stich in ihrem Herzen, als Jordì seinen Besuch absagte. Die Gründe wirkten fadenscheinig.

Aber die Umbrüche in der Heimat hatten Jordì völlig aus der Bahn geworfen; Mia sah hilflos zu, wie er die Zuversicht verlor. Er war verändert; etwas brannte in ihm und er schien zerrissen. Schon vor seiner Abreise hatte sie das Gefühl gehabt, dass er ihr entglitt. Jetzt war es offenbar soweit.

Jordì schwankte und Mia konnte seine Reaktionen nicht einschätzen. Mal antwortete er nicht auf ihre Nachrichten oder er wirkte kühl und distanziert. Verschlossen kapselte er sich ab. Andere Male zeichnete er wieder das Bild vom gemeinsamen Zuhause und ihren Weltreisen und beschwor, dass sie die Eine sei.

Mia versuchte, sich mit auf Jordìs Höhenflüge zu begeben. Aber sie blieb nach den jähen Abstürzen jeweils verständnislos zurück.

Sie wollte sich so gerne in Jordì einfühlen. Doch mehr noch als zuvor verschluckte sie ein schwarzes Loch. Weder kannte sie seine Welt in der Heimat, noch konnte sie ihn in der Nähe greifen.

Gleichzeitig hielt der Alltag Mia mit fester Hand im Griff. Jede sorgenvolle Nacht holte sie spätestens am nächsten Tag bei der Arbeit oder in der Bibliothek ein und warf sie zurück. Der Freundeskreis hatte sich verflüchtigt. Niemand verstand, was sie sich von einem Zusammensein mit Jordì erhoffte und wofür sie sich von den vormaligen Perspektiven so überstürzt losgesagt hatte. Und mehr noch, weshalb sie stoisch an einer Sommerliebe festhielt, obwohl sich erkennbar nichts bewegte und sie für das katalanische Umfeld unsichtbar blieb.

Die Vorstellung der bevorstehenden rosigen Zeiten, wenn sie erst einmal ihren Studienabschluss geschafft hätte und Jordì und sie an einem gemeinsamen Ort ein Zuhause aufbauen könnten, verblassten zunehmend. Wo sollte das auch sein?

Auch wenn Mia es nicht wahrhaben wollte: Das Zahnrad war schon aus dem Getriebe.

§ 5 ENTFREMDUNG

Trugbilder

ER: Die verlorene Tochter

„Es tut mir leid, ich wusste nicht, dass du ..." Eulàlia lehnte sich zu Jordì und wisperte ihm ins Ohr. Sie traten ein paar Schritte zur Seite. Seine Mutter hatte Eulàlia gebeten, ihr für die große Geburtstagsfeier eine Hand zu reichen. Das schon war ein Wunder: Sie hatte zwei Hilfen allein für die Küche und die Haushälterin hatte die Leinen für die Tische und Stühle schon vor Wochen bereitet. Eulàlia knuffte ihn in die Seite: „Ich freue mich trotzdem, dich zu sehen." Verwirrt sah Jordì zu ihr. Jetzt und vor allen Verwandten und Familienfreunden galt es, sich nichts anmerken zu lassen und der Mutter die schönste Feier zu bescheren, die diese sich vorstellen konnte. Und wenn es mit Eulàlia sein sollte, dann war es eben mit Eulàlia.

Dennoch schluckte Jordì. Auf der Veranda standen ihre Espadrilles, als hätte sich nie etwas verändert. Mia hatte er erklärt, dass nur die engste Verwandtschaft komme, er in die Arbeiten eingespannt sei und eine Verständigung ohne

Katalanisch unmöglich sei. Obwohl sie traurig gewesen war, hatte sie nichts anderes erwartet. Tapfer hatte sie genickt und ihnen eine wunderbare Feier gewünscht. Jordì hatte versprochen, ihr nachher von allem zu berichten, herzliche Glückwünsche zu bestellen und Mias ersten Besuch zu planen; bestimmt würden sie sich nach ihren Prüfungen endlich persönlich kennenlernen, sei es in Düsseldorf oder in Besalú. Mia hatte den Blick abgewandt und Jordì war froh, nicht in ihre niedergeschlagenen grünen Augen schauen zu müssen. Beide wussten es: Es war eine leere Versprechung.

Der Tag auf dem Land war wunderschön. Wie bei einem Picknick waren die großen Tische unter den Zypressen weiß eingedeckt. Zur Dekoration hatte die Haushälterin kleine Zweige der Jasminranke von der Steinmauer neben der Küche geschnitten, deren Duft nun von den vollen Tafeln in die Nasen der Gäste stieg. Liebevoll ausgewählte Speisen aus der Region, alles mit größtem Bedacht für die Geburtstagsgesellschaft zusammengestellt, und dazu reichlich Muscat, Rotwein und für Catarina den ganzen Nachmittag Champagner: So glücklich hatte Jordì seine

Mutter lange nicht gesehen. Sie strahlte über den Tisch zu ihm herüber. Die ganze Familie war beisammen.

In den frühen Abendstunden trat Baptiste von hinten an Jordìs Stuhl. In einer fast vergessenen großväterlichen Geste legte er seine faltige, sonnengebräunte Hand auf Jordìs rechte Schulter und streichelte ihm sachte über den Oberarm. „Wir haben es gut, Jordì, nicht wahr." Er gab ihm einen Kuss auf die Stirn und ging ein paar Schritte von der Festgesellschaft weg. Abseits an der Lichtung zückte er eine seiner dicken, braunen Zigarillos aus dem Lederetui, zündete sie an und blickte auf die Lichter, die vom Dorf herüberstrahlten. Jordì gesellte sich stumm zu ihm.

Es war schon dunkel geworden und außer den zufriedenen Stimmen der debattierenden und lachenden Gäste war es ruhig. Ein leichter Wind fuhr durch die umliegenden Felder und die reifen Ähren wogten. Aus den Baumkronen der Allee rauschte eine leise Melodie.

In dieser Nacht lag Jordì wehmütig und schlaflos im Bett. Seine Gedanken schweiften nach Düsseldorf. Mias

Umarmung fühlte sich in seinem Herzen nicht mehr weich und zärtlich auf seiner Haut an, sondern wie Glassplitter.

SIE: Sanduhr

Er wich ihren Antworten aus und wirkte fremd. Etwas war zerbrochen.

Vielleicht war es die Sehnsucht, die sich in Frustration wandelte? Spätestens, wenn sie einander in die Arme schlossen, würden sich hoffentlich alle Sorgen auflösen.

Mia war auf dem Weg zum Flughafen und versuchte, Ruhe zu bewahren. Doch etwas stimmte nicht. Das letzte Treffen lag schon Monate zurück und das Wiedersehen schmeckte anders.

Der Sommer war früh eingekehrt. Aber Mia fühlte sich selbst an diesem sonnigen Tag im Juni durchgefroren. Auch Jordì wirkte müde und abgekämpft. Er versuchte, ihr Hoffnung zu machen – vielleicht würden sie demnächst noch einmal für eine Auszeit gemeinsam nach Norddeutschland reisen und dort etwas Meeresluft schnuppern, bevor ihre Prüfungen bevorstünden?

Mia dachte daran, wie sie im vergangenen Jahr für den Jahreswechsel mit ähnlichen Ideen nach Hamburg gefahren waren. Sie stapften tapfer durch Schnee und Eis. Mia hatte Jordì einen dicken Wollschal gekauft, damit er die Kälte aushalten könnte. Als sie ihm den flauschigen Stoff um den Hals legte, lächelte er zwar; aber wie sie schien auch er damals bedrückt. Er behauptete, es sei nichts, aber Mia fühlte eine durchdringende Traurigkeit. Schon in jenen Tagen hatten sie sich mit der Reise zu viel vorgenommen und vor allem sichtbar gemacht, dass ihnen ein Zuhause fehlte.

Bei der Silvesterparty verwandelte sich das unbehagliche Gefühl in eine Gewissheit. Sie waren wie Aussätzige unterwegs; Mia konnte sich der Einsicht nicht verschließen. Welches Paar verreiste schon, um in einem Kreis Unbekannter das neue Jahr zu begehen? Nach all den Monaten und Kämpfen standen sie auf einer völlig beliebigen Party, umgeben von fremden Menschen, in einer Stadt, in der sie nicht lebten. Etwas stimmte nicht.

Die Vorstellung, wieder einen Kompromiss fernab ihrer jeweiligen Welten für die bevorstehenden Sommertage zu finden, fühlte sich für Mia niederschmetternd an.

Sie sprach es nicht aus, sondern nickte. Jetzt war erst einmal ein Wochenende in Düsseldorf angesagt und die Erfahrungen des Jahreswechsels mussten sich nicht wiederholen.

Doch selbst als sie an diesem Abend Arm in Arm einschliefen und die körperliche Nähe ein wohliges Gefühl ausstrahlen sollte, spürte Mia einen Stich in ihrem Herzen. Die Chancen entglitten ihnen und die Monate vergingen. Wie in einer Sanduhr prasselten die Körner unaufhaltsam durch die Öse.

Trumpf

ER: Schachzüge

„Ich war heute beim Notar. Es ist alles geregelt. Der Käufer muss nur noch unterschreiben." Alle Familienmitglieder starrten Baptiste fassungslos an.

Catarina sah das entschlossene Funkeln in den Augen ihres Vaters und senkte betroffen den Blick. Die Luft stockte und der Raum schien bewegungslos. Nur das Ticken der Standuhr durchbrach die Stille.

Die Regungslosigkeit drückte auf Catarinas Brust. Sie strich über die bestickte Stoffserviette, die noch aus dem Hausstand der Urgroßeltern stammte, und presste die Handflächen auf die Tischkante. Tradition und familiäre Loyalität hatten in diesem Haus immer an erster Stelle gestanden.

Catarina konnte den Blick nicht auf ihren jüngsten Sohn richten; sie drückte ihre Hände so fest auf das Holz, dass ihre Knöchel weiß wurden. Vor ihrem inneren Auge sah sie Jordìs Schrecken. Seine schmerzverzerrten Züge stachen in ihr Herz. Er fühlte sich verstoßen.

„Aber sollte nicht Jordì –", stotterte Jaume und sah hilfesuchend zu Elena. Baptiste schnitt ihm barsch das Wort ab. „Wie die Firma braucht auch der Gutshof eine langfristige Führung. Und ich sehe nicht, dass irgendjemand hier auch nur einer dieser Aufgaben gerecht werden könnte."

Baptiste hatte sich seit Wochen mit dem Gedanken getragen, seine Karte auszuspielen. Am heutigen Tage war es soweit. Die Verträge waren aufgesetzt und er musste nur den Startschuss geben. Der Notar war ein alter Freund. Auf Zuruf stünde er zum Termin für die Unterschriften bereit; der Käufer wartete.

An der Tafel gefror der Atem. Jordì verfiel in eine Schockstarre und die Bilder der glücklichen Kindheitstage bei der Großtante schossen in seinen Kopf. Im Zeitraffer sah er die goldenen Sommer vorbeiziehen. Nicht nur diese vergangenen Sommer waren verloren, sondern auch die zukünftigen.

Er hatte sich gewünscht, in diesem Garten einmal seine Kinder aufwachsen zu sehen; in Erinnerung an die geliebte Großtante über den luftigen, großzügigen Innenhof nach einem langen Tag nach Hause zu kehren und mit dem Duft des Abendessens aus der angrenzenden Wohnküche und von einem bellenden Hofhund empfangen zu werden. Als Kind war er so oft dort bei der Großtante gewesen und in den Schulferien hatte er sogar mit der Mutter und den Geschwistern in dieser Idylle gewohnt.

Obwohl der Großvater das Familienoberhaupt war, spielte seine ältere Schwester für die gesamte Familiendynastie eine nicht wegzudenkende Rolle. Sie war der stete und liebevolle Ruhepol gewesen. Unausgesprochen zählte ihr Wort, wenn sich der Großvater und sie über eine Entscheidung uneins waren. Jordì wusste, dass seine Kindheit ohne die Milde seiner Großtante eine andere gewesen wäre. Zu keiner anderen Zeit in seinem Leben hatte er sich in Besalú so geborgen gefühlt wie in diesen Sommertagen auf dem Gutshof.

Seit sie nicht mehr unter ihnen weilte, stellte Baptiste als alleiniges Familienoberhaupt die Regeln auf. Und über das Schicksal des Landhauses waren die Würfel nun offenbar gefallen.

Elena brach die erdrückende Stille. „Entschuldigt mich." Sie stand auf, verließ den Salon und zog eine Schachtel Zigaretten aus ihrer Tasche. Vor der Haustür lief sie einmal um die Ecke. Sie lehnte sich an die Seitenmauer, die kein Fenster zum Salon hatte, in dem die Brüder mit der Mutter sprachlos versuchten, die Entscheidung des Großvaters zu verstehen.

Sie zückte ihr Feuerzeug, zündete eine Zigarette an und blies den Rauch in die Nacht, in der so viele Träume zerronnen.

SIE: Reisekrankheit

Tock. Eine weitere Stunde war vergangen. Mia sah zur großen Uhr über der Anzeigetafel und tippte ein weiteres Mal auf ihr Handy. Der Bildschirm flackerte auf und erlosch. Keine Nachricht.

Vor zwei Stunden hätte er schon aus dem Transitbereich kommen sollen. Das Flugzeug war pünktlich gelandet. Alle mit ihr Wartenden hatten ihre Lieben in Empfang genommen und den Empfangsbereich verlassen. Die Gruppe am Ausgang wandelte sich im Viertelstundentakt. Reisende traten in Scharen oder vereinzelt mit freudigen oder konzentrierten Gesichtern hervor und suchten gemächlich oder im Laufschritt ihren Weg.

Doch bei keinem Öffnen der Schiebetür erschien Jordìs Gesicht. Fortlaufend traten Reisende heraus oder Wartende kamen hinzu; und sie alle verließen die Halle. Doch Mia blieb.

Noch immer saß sie blass und regungslos da und wartete, unfähig, sich fortzubewegen. Sie hatte in der letzten Nacht kaum geschlafen und sich von einer Seite auf die andere gewälzt, ohne zu wissen, woher die innere Unruhe kam. Der Tag war trotz vieler Erledigungen nur zäh vergangen und das leichte, aufgeregte Gefühl in dem Augenblick, wenn der ersehnte Flieger planmäßig abhob, stellte sich nicht ein.

Auch heute hatte Jordì ihr geschrieben, dass er gegen Mittag zum Flughafen aufbrechen würde. Allerdings folgte keine weitere Nachricht; weder, dass er am Gate saß und das Boarding kurz bevorstünde, noch, wie sehr er sich auf sie freute.

Mia wendete den Blick von der Schiebetür ab und starrte auf die runde Uhr an der Wand, bis sich der Ankunftsbereich leerte und Mitternacht überschritten war. Als die Geschäfte schlossen und die Reinigungskräfte in der Halle mit ihren Maschinen einfuhren, waren die letzten Flieger längst gelandet. Mia stand auf und lief mit leerem Blick zu den Straßenbahnen.

SIE: Dumpfe Ahnung

Erst hatte er von einem familiären Notfall gesprochen, dann war es die Migräne gewesen, die ihn übermannt hatte. Deshalb habe er auch keine Nachricht senden oder anrufen können. Wegen der hohen Preise zur Ferienzeit lohnte es sich nicht, neu zu buchen. Stattdessen würde er den nächsten geplanten Besuch in drei Wochen abwarten.

Mia fühlte sich noch immer ausgehöhlt. Sie versuchte ein Lächeln, das die verweinten Augen aber selbst auf dem kleinen Bildschirm nicht verdecken konnte. „Hauptsache, es geht dir wieder gut. Ein Flug in den nächsten Tagen ist sicher keine Option?" Jordì schüttelte den Kopf. Es würde sich kaum realisieren lassen; kurzfristig seien die Flüge zu teuer und in wenigen Tagen sei auch schon das große Fest im Nachbardorf. Er hatte seinen Freunden fest versprochen, dabei zu sein.

Mia nickte. Wahrscheinlich hatte er recht und ihr bedrücktes Herz malte Gespenster an die Wand. Natürlich wollte Jordì gerne kommen, aber die Umstände passten nicht. Zudem standen ihre Abschlussprüfungen bald bevor und sie musste ohnehin lernen. Jordì würde dagegen im Süden das Sommerfest mit seinen Freunden verpassen.

Seine Lösung machte Sinn: Sie würde die Zeit pflichtbewusst zur Vorbereitung auf ihre Prüfungen nutzen und hätte bei seinem nächsten Besuch umso mehr freie Zeit und ein besseres Gewissen. Dennoch wollte das dumpfe Gefühl in Mias Bauch der Vernunft nicht weichen.

Das gekappte Band

ER: Kapitulation

So hatte Jordì sich den Verlauf des Sommers nicht vorgestellt, aber er fühlte sich ausgelaugt und erschöpft. Er setzte alles aufs Spiel, was ihm lieb und teuer war; doch die Wogen glätteten sich nicht.

Mias Abschlussprüfungen an der Universität standen vor der Tür, aber er konnte nicht mehr.

Marta und Teo nahmen sich Jordì zur Brust: Er konnte nicht auf eigene Kosten auf ihren Abschluss warten, sondern musste an sich denken. Jordì musste sein Leben endlich wieder in die rechten Bahnen lenken. Das

Familienunternehmen und der Gutshof waren schon fast verloren; was mehr noch konnte er riskieren?

Jordì wollte Mia alles erklären, aber er bekam Bauchschmerzen, sobald er nur an ihre traurigen Augen dachte. Das geschockte Gesicht konnte er nicht ertragen; zu viel lastete schon auf seinem Herzen. Er musste einen Schlussstrich ziehen, und zwar sofort. Ihm blieb keine Wahl.

Die Entscheidung wäre richtig für sie beide. Weder konnte er Mia eine starke Schulter bieten noch das Zuhause, was sie verdiente. Zu sehr hing er selbst in der Schwebe und verlor in der Heimat, was ihm so viel bedeutete.

Ohne einen sicheren Hafen würde keiner von ihnen sein Glück finden. Jordì verschloss sein Herz und verstummte.

SIE: Gewaltsames Schweigen

Er meldete sich noch immer nicht zurück. Kein Wort, keine Silbe.

Mia schlug ein Buch auf und starrte auf die Seiten, die sich unter den herabfallenden Tränen wellten. Sie blätterte blind in ihren Notizen, schob einen Stapel Papier zur Seite und reihte ihre Stifte auf.

Mit jedem Anlauf beschleunigte sich der Atem und ihr Herz klopfte schneller. Es schüttelte ihren Brustkorb, als wollte es nach draußen springen.

Jeden Tag hoffte Mia, dass Jordì plötzlich vor der Tür stehen würde; dass er sie in den Arm nähme und ihr beistünde. Aber sie war allein, vollkommen allein.

Eine Welle der Panik stieg in ihr auf. Mia sog gierig Luft ein, als würde sie ihr sonst genommen. Ihr wurde schwindelig und sie schloss die Augen. Blind tastete sie nach der Tischkante und hangelte sich zu Boden. Auf dem flachen Rücken beruhigte sie sich, ohne zu wissen, ob Minuten oder Stunden vergangen waren. Die Steinfliesen drückten hart auf ihre Glieder. Sie musste kämpfen. Anders würde sie die Prüfung in ihrer Verzweiflung nicht durchstehen. Doch Mia wusste nicht, wie. Sie drehte sich und wendete sich; doch plötzlich war alles verschwommen. Nichts war greifbar.

Schließlich war es soweit. Der Prüfungstag war da. Doch so, wie er kam, ging er auch vorüber. Als es dunkel wurde, saß Mia noch immer versteinert in ihrer Wohnung; unfähig, sich zu bewegen.

Als wäre es eine Ironie des Schicksals, fiel wenige Tage darauf die Entscheidung über das Schicksal des inhaftierten Führers der katalanischen Unabhängigkeitsbewegung. In der katalanischen Presse wurde ein Sieg gefeiert: Das deutsche Gericht stellte sich gegen die spanische Sichtweise und lehnte den Vorwurf der Rebellion ab. Spanien verzichtete auf die Auslieferung. Katalonien gewann eine Handbreit Land. Gerade jetzt erzielte Deutschland in Jordìs Heimat also Sympathiepunkte.

Aber es änderte nichts mehr. Jordì war weg und sie war hier. Mia stand allein in der erdrosselnden Stille und alle Hoffnungen zerschellten. Es gab kein Zuhause für sie und die gemeinsame Chance war verspielt. Ein weiteres Mal in ihrem Leben stand Mia völlig unvermittelt ohne jeden Halt da.

Wie schon einmal blieb nur eines: der Blick nach vorne. Das Leben würde irgendwann weitergehen. Schritt für Schritt würde sie wieder Land gewinnen und den Boden unter den Füßen wieder spüren. Auch diese Ohnmacht würde vergehen.

§ 6 NEUSTART

Bodenlandung

ER: Ausklingen

Jordì fühlte sich durchlöchert. Das schlechte Gewissen hatte ihn durchfressen; die Familie brauchte ihn. Dazu kamen Mias verzweifelte Anrufe und Nachrichten.

Wie von Sinnen war Jordì durch die Sommermonate gestolpert. Doch nach und nach kam er in den Armen seiner Familie wieder zu Kräften. Er hatte die richtige Entscheidung getroffen und bald würde sie sich hoffentlich auch endlich als solche anfühlen.

Im Herbst dann wollte Baptiste ihn in die Geschäfte einführen. Bis dahin konnte Jordì noch zur Ruhe kommen und sich einfinden. Er befolgte seine bewährten Routinen: Am Morgen schlief er aus. Anschließend begleitete er seine Mutter in die Stadt zu allerlei Besorgungen, holte den handgerührten Joghurt bei der Molkerei ab und suchte das Mittagessen in ihrem kleinen Delikatessenladen aus oder frischen Fisch in Pepes Peixeteria. Dieses Lebensgefühl hatte er in der Ferne vermisst.

Das Unternehmen und der Gutshof blieben in der Familie und Jordì spürte wieder eine Brise der leichten Sommer, wie sie in den Kindheitstagen bei der Großtante gewesen waren. Nostalgisch streunte er wie damals über die Felder und durch die Stallungen. Sobald Catarina rief, dass das Mittagessen bald bereit sei, lief er zur Zisterne und sprang mit einem Satz hinein. Das eiskalte Quellwasser erfrischte Geist und Seele. Kurz darauf begab er sich an die gefüllte Tafel und ließ sich vom Sonnenschein trocknen. Über die heiße Mittagszeit saßen sie im Familienkreis nach dem Essen noch lange beisammen. Jordì fühlte sich seit Langem wieder am rechten Fleck. Das Leben der Kindheitstage erhielt wieder Einzug und brachte Farbe.

Gegen Abend fuhr er gewöhnlich in den Nachbarort, um den Abend mit der Clique in der Olla d'Or-Bar zu beginnen. Inzwischen wurde er wieder ohne Vorbehalte empfangen: Er wusste, was an den vorangegangenen Abenden geschehen war und was als Nächstes auf dem Programm stand; die heimischen Geschehnisse liefen nicht mehr an ihm vorbei. Jordì war nicht mehr Gast auf Stippvisite, sondern gehörte wieder voll und ganz dazu. Das musste er wohl sein, sein Platz im Leben.

SIE: Akzeptanz

Der tiefe Krater, den Jordìs Verschwinden gerissen hatte, wurde kleiner. Langsam heilten die Wunden.

Dennoch fragte sich Mia noch jeden Tag, was geschehen war, und dachte an Jordì. Wo er wohl war, was er tat und wie es ihm ging. Sie erinnerte sich an das Gefühl von Santa Maria del Mar und fragte sich, welche Wendung ihre Geschichten hätten nehmen können.

Die Dinge brauchten ihre Zeit. Doch irgendwann verschwand das allgegenwärtige Thema aus Mias Gedanken. Still und leise begann Mia, Jordì aufzugeben und mit ihm die früheren gemeinsamen Träume.

Auch wenn die Erinnerung schmerzte: In Mia kehrte die sichere Gewissheit ein, dass es die goldene Zukunft nicht geben würde, die sie zusammen entworfen hatten.

Jordì würde seiner Heimat nicht die Stirn bieten. Er konnte nicht ausbrechen und für sie war in dieser Welt kein

Platz; bis zuletzt hatte man es nicht nur Jordì, sondern auch sie spüren lassen.

Mias Herz war mürbe geworden. Selbst wenn die Ablehnung der katalanischen Familie eine blinde sein mochte und für ganz andere Ängste stand; sie bohrte sich immer tiefer in Mias Hoffnungen. Das Kartenhaus wackelte und brach nach endlosem Ringen endlich ein. Mia konnte Jordìs Welt nicht berühren. Niemand war gezwungen, auch nur ein Wort mit ihr zu wechseln. Unter dem Mantel des Schweigens hatte Mia keine Möglichkeit, das Gegenteil aller wabernden Sorgen zu beweisen. Sie konnte nicht davon überzeugen, dass sie und Jordì Seite an Seite gehörten; dass sie gemeinsam strahlten.

So war die Frustration über die Monate gestiegen. Das Gefühl, sich ohne jede Chance beweisen zu müssen, hatte Mia nicht nur zugesetzt; es hatte sie innerlich aufgefressen. Die wortlose Kälte war Mia unbemerkt unter Haut und Knochen gekrochen. Das beschämte Selbstverständnis ging in Fleisch und Blut über.

Langsam floss wieder Wärme durch Mias Glieder. Allmählich fiel ein freudezehrender Druck ab und die Verspannungen lösten sich. Mia gab ernüchtert auf, aber zugleich erleichtert: Sie würde nicht mehr gegen Wände aus Beton laufen müssen, um sich immer wieder für einen neuen Anlauf aufzurappeln. Sie begrub vergebliche Hoffnungen: An Jordìs Seite war kein Platz für sie und es würde ihn auch nicht geben.

Über Wochen noch taumelte Mia unter dieser Einsicht. Sie fühlte sich benommen und leer. Doch schließlich kam der Wendepunkt, an dem sie begann, zu akzeptieren.

Auch wenn sie ohne Wurzeln sein mochte – sie konnte sich selbst ein Zuhause werden. Es war an der Zeit, ein neues Kapitel zu öffnen. Genau das würde neue Kräfte freisetzen. Sie würde ihr Schicksal in die Hand nehmen und ihre Heimat finden.

Frische Brise

ER: Neuer Halt

Die Sommerwochen vergingen gleichmäßig, bis an einem Abend Alba in der Gruppe stand. In der Schulzeit hatte Jordì sie heimlich angehimmelt. Das Mädchen, das besser Fußball gespielt hatte als die meisten Jungen in der Klasse, war erwachsen geworden.

Gerade erst erholte er sich von den Wirrungen der vergangenen Monate und ihm imponierte, mit welcher Leichtigkeit Alba ihre Wege im Ausland bestritt. Sie wirkte so dynamisch wie damals schon und stand offenbar mitten im Leben. Als Nächstes würde sie Australien erkunden, dabei Tennisstunden geben und surfen. Alba erzählte von diesen Plänen, als seien sie das Natürlichste der Welt. Gleichzeitig gehörte sie eindeutig zu ihnen in Besalú. Obwohl sie um die Welt reiste, schien Alba über jeden Zweifel erhaben, abtrünnig zu sein. Jordì fragte sich, was ihm im Gegensatz dazu mit Mia widerfahren war und warum sein Lebenswandel für dasselbe Umfeld so unerträglich gewesen war.

Alba schubste Jordì von der Seite: „Was ist denn mit dir passiert, schau doch nicht so bedrückt!" Sie schäumte über vor Lebensfreude und Energie. Doch auch wenn sie von den verrücktesten Geschichten der letzten Jahre im Ausland erzählte, betonte sie im nächsten Atemzug, wie sehr sie sich auf jede Heimkehr freute: „Nie käme es mir auch nur in den Sinn, eines unserer Sommerfeste zu verpassen."

Jordì fragte sich, ob das die Lösung war: ausströmen und wiederkehren. Vielleicht musste er sein Leben wie Alba aufziehen oder sich gar von ihr mitreißen lassen?

Ein verdrängter Knoten löste sich. Alba war eine von ihnen und verstand diese Welt.

Mias Gesicht verblasste in Jordìs Erinnerungen und er tauchte in die Heimat ein. Mit einem Mal wurde das gleichförmige Leben in Besalú wieder beschwingter.

SIE: Phönix aus der Asche

Mia richtete sich auf und war hellwach. Sie hatte das Bild vor Augen.

Wie konnte sie ihren Traum aus Kindheitstagen so lange vergessen haben? Wochenlang hatte sie ihre Armbänder geknüpft, bis die Lederbändchen und Perlen aufgebraucht waren. Sobald das Taschengeld reichte, lief sie los, um neue Bänder und Farben zu erstehen; bis dahin malte sie in der Zwischenzeit wie eine Weltmeisterin bunte Skizzen auf Papier, testete Stoffe und kombinierte Strukturen.

Erst hatte ihre Mutter dem fleißigen Treiben lächelnd zugeschaut, bis Mia eines Tages ihren Traum offenbarte: ein eigenes kleines Atelier, das die handgefertigten Stücke auf Holzgestängen und Seidenbändern präsentierte; fröhliche Farben und natürliche Materialien. Ungewohnt unwirsch fegte Mias Mutter die verteilten Stoffe und Perlen vom Küchentisch und strich das erfüllende Hobby und mit ihm die vermeintlich brotlose Zukunft aus Mias Freizeit. Die Schulausbildung stand an erster Stelle und ohne ein gutes Abitur und ein solides Studium würden sich die schwerfälligen Pforten zu einer tiefgreifenden Unabhängigkeit nicht öffnen.

Die heftige Reaktion verstörte Mia und tagelang quälte sie ein schlechtes Gewissen. Der farbenfrohe Traum schien mit einem Mal eigensüchtig und töricht.

Offenbar hatte sie die Episode über all die Jahre unterbewusst verdrängt. Doch jetzt war sie wieder da und leuchtete in schillernden Farben.

Mia zögerte nicht. Sie löste den verbliebenen Hausstand auf. Zwei Wochen später stand sie an der Côte d'Azur und kellnerte in einem Strandcafé. Sobald sie den richtigen Ort und eine Finanzierung gefunden hatte, würde sie ihren Traum wahr werden lassen. Nichts und niemand hielt sie auf; sie konnte und durfte sich verwirklichen. Es gab kein Richtig und kein Falsch.

Auch wenn sie allein war und es oftmals schmerzte: Sie war frei wie ein Vogel. Sie würde endlich tun, wofür ihr Herz schlug.

ER: Leerlauf

Plötzlich wurde die Heimat wieder fade. Die Unternehmungen im Freundeskreis waren nicht mehr ausgelassen, sondern beklemmend; immer die Olla d'Or, immer die gleichen Themen.

Jordì hatte sich tragen und treiben lassen. Doch die Luft ging aus. Die vormalige Leichtigkeit wurde eintönig und erdrückend.

Auch Alba ging ihm auf den Geist; das laute Kreischen, ihr Bedürfnis nach Aufmerksamkeit. Die zuvor mitreißenden Geschichten wiederholten sich wie eine leiernde Drehorgel; die vermeintlichen Abenteuer relativierten sich und die Gespräche verloren jeden Tiefgang.

Das Leben schmeckte schal und abgestanden. Jordì fühlte sich, als stagniere jede Bewegung. Der Schwung in seinem Leben versiegte in Routinen. Er drehte sich in eintönigen Kreisen und wurde immer langsamer. Alles war bekannt; nichts erfrischte seinen Geist oder berührte seine Seele.

Vor seinem inneren Auge tauchte Mias schüchternes Lächeln auf; wie sie errötete, wenn sie in den Mittelpunkt gerückt wurde; wie sie vor Begeisterung sprudelte, wenn etwas sie bewegte. Er wollte es sich nicht eingestehen, aber er vermisste sie mit jeder Faser seines Körpers.

Doch er wusste nicht einmal, wo sie war. Stattdessen steckte er fest in einem Leben, das er sich als sicheren Hafen gewünscht hatte und das ihn nun erstickte.

Groß war der Wunsch gewesen, alles über Bord zu werfen; neu und leicht zu beginnen, verwurzelt in der Heimat. Aber die Wehmut stieg in ihm auf und ein bitterer Geschmack legte sich auf seine Zunge: Er war abgetaucht, aber er konnte nicht davonlaufen; die Erinnerung holte ihn ein. Unbarmherzig hielt sie ihm jetzt den Spiegel vor.

In diesen schweren Momenten versuchte Jordì, sich zu besinnen: Er war nicht falsch abgebogen. Seine Entscheidungen fußten auf einem vernünftigen Fundament und die Dinge liefen ihren gewohnten Gang. Der Sommer war gefüllt mit Stunden auf dem Gutshof und Dorffesten, mit Familie und Freunden, mit Sonnenschein und Meeresluft.

Alles war gut. Und doch machte sich eine innere Leere breit, die ihn aufzufressen schien.

§ 7 FINALE

Anläufe

SIE: Abbruch der Zelte

Störrisch packte Mia ihren Koffer. Sie hatte Onkel Pawel versprochen, für ein paar Tage zu Besuch zu kommen. Er wollte die Zerwürfnisse des vergangenen Jahres aus dem Raum schaffen und die letzten Überreste der verbliebenen Familienbande retten.

Mia ließ sich schließlich überreden: Noch war in Frankreich Vorsaison und außerdem häuften sich in Deutschland die weitergeleiteten Briefe. Mia würde vor Ort alle notwendigen Schritte einleiten. Nur noch die bürokratischen und praktischen Verbindungslinien waren zu kappen, um einen vergangenen Lebensabschnitt hinter sich zu lassen.

Dennoch fühlte sich schon der Gedanke an die Reise nicht gut an. Zu viele Erinnerungen waren mit dem früheren Leben verbunden. Frederic, der Studienabbruch und vor allen Dingen Jordì. Es kam Mia vor, als müsste sie ihm in die

Augen schauen und ihr Scheitern einräumen, wenn sie an die erinnerungsbehafteten Orte käme.

Mia sträubte sich innerlich, den Schritt nach vorne durch einen Blick zurück auszubremsen. Doch sie würde die Tage nutzen, um die Zelte endgültig abzubrechen und sich von allem Ballast zu befreien. Es wäre die letzte notwendige Etappe ihres Befreiungsschlags.

ER: Botschaften

Er konnte es nicht abstreiten. Etwas Fundamentales fehlte.

Monatelang schon hatte Jordì eisern versucht, Mia zu vergessen. Doch immer wieder flackerte ihr Bild vor seinem inneren Auge auf oder eine Erinnerung holte ihn ein.

Trotz des erst mutigen Auftakts und des nachfolgenden stillen Bruchs mit Mia war ihm über die Durststrecken des störrischen Alltags jeweils der Atem ausgegangen. Heute stand er in einem Scherbenhaufen und bedauerte, dass er nicht die Kraft und den Mut aufgebracht hatte, dem Gegenwind aus seiner Heimat standzuhalten.

Er hatte geglaubt, er könne Mia aufgeben und wieder der unbedarfte Junge aus Kindheitstagen sein. Doch offenbar hatte Mia die schon vorhandenen Friktionen nur sichtbar gemacht und ihm den Anstoß für die unausweichlichen Veränderungen gegeben.

Jordì drehte und wendete sich. Er fand keinen Frieden. Über kurz oder lang mussten sie sich aussprechen. Egal, wie sehr er sich gegen die späte Einsicht wehrte: Ihre Geschichte war noch nicht vorbei.

Als er nach langem Ringen schließlich den Brief an Mia abschickte, schwitzte er Blut und Wasser. Es dauerte Wochen. Aber sie antwortete.

SIE: Pfeil in der Achillesferse

Was wollte Jordì ihr damit sagen? Der lange Brief, das Bedauern; er hätte nicht verschwinden dürfen.

Mia war versteinert, als sie das Schreiben in den Händen hielt. Der letzte Tag, an dem sie in Deutschland noch erreichbar war – und ausgerechnet jetzt flatterte der Brief unschuldig wie ein Schmetterling herein und brachte alles in Wanken.

Sie las die Worte wieder und wieder. Mia wusste, dass sie die geheimen gemeinsamen Stunden wahrscheinlich nie vergessen würde. Doch selbst nach Monaten der Stille taten die schönen Erinnerungen genauso weh wie Jordìs Verschwinden.

Schon in jenen vergangenen Tagen hatte Mia sich vor einem jähen Ende ihres Traums gefürchtet; bei jedem traurigen Abschied am Flughafen waren sie aufs Neue ins Ungewisse eingetaucht; hatten eine Reise in den luftleeren Raum angetreten. Einmal dann war es wirklich die letzte Reise gewesen. Selbst im Rausch ihres abenteuerlichen Umbruchs hatte Mia nie mit Sicherheit gewusst, ob das zweisame Lebensgefühl jemals Eingang in die reale Welt finden und ihr mutiges Märchen wahr werden könnte.

Immer wieder war der Gedanke an Jordì in Mia aufgeflackert, um sie dann erstarrt in einer erbarmungslosen Stille allein zu lassen. Schließlich waren die Tränen versiegt.

Insgeheim wusste Mia damals wie heute, dass ihr Herz ungebrochen für ihn schlug; egal, was sie hinter sich ließ und wie weit sie reiste.

Aber sie musste sich lossagen. Und gerade jetzt, nachdem sie neuen Auftrieb gespürt und neuen Mut gefasst hatte, tauchte er wieder auf.

Mia zerknüllte das Papier in ihrer Hand und schleuderte den Brief in die Ecke.

Dennoch lag sie die ganze Nacht wach. Würde sie Jordì wirklich vergessen und loslassen können? Etwas verband sie noch immer und sie spürte, dass sie seine Worte nicht unbeantwortet lassen konnte.

Der innere Kampf wollte ausgefochten werden und ein Treffen konnte die Chance sein, endlich Frieden zu finden. Vielleicht würde sie ihn mit anderen Augen sehen; oder Jordìs Blick würde Bände sprechen und ihnen alle Entscheidungen abnehmen. Von Angesicht zu Angesicht könnten sie ergründen, ob sie noch dasselbe fühlten, oder sich endgültig voneinander befreien.

Vereint

Sie trafen sich vor der Casa Delfin in der Nähe des Kulturzentrums El Born, durch das Mia bis zu seiner Ankunft streifte.

Ihr Herz pochte und sie war froh, vor dem Aufeinandertreffen noch etwas Zeit allein für sich zu haben.

Trotz der wenigen Besuche in Barcelona, die inzwischen Monate zurücklagen, fühlte sich die Umgebung überraschend vertraut an. Zahlreiche Erinnerungen schossen in Mias Gedächtnis. Wie ein Standbild hatte sie den Augenblick im Kopf, als sie Jordì nach einem brennend heißen Nachmittag in der beruhigenden Kühle des malerischen Restaurants mit den bunten Kacheln an den Wänden das erste Mal von ihrer Mutter erzählt hatte.

Die Worte sprudelten damals plötzlich über Mias Lippen, ohne dass sie es steuern konnte. Seit dem schwarzen Tag fiel es ihr schwer, sich zu öffnen. Die familiäre Einsamkeit war tief in ihrem Herzen unter dicken, undurchlässigen Schichten versteckt. Sie hatte den Kummer aus ihrem

Bewusstsein verbannt. Weder ertrug sie einfühlsame Fragen noch mitleidige Blicke; wozu also sollte sie die Erinnerungen teilen. Mia wusste, dass es keine Antwort auf das Warum gab.

Jordì hatte ihre Stille respektiert. Doch dann, gerade in der Casa Delfin, hatte sie aus einem plötzlichen Impuls heraus ihr Schweigen gebrochen. Tatsächlich folgte ein Gefühl der Erleichterung: Sie hatte Jordì einen Blick in ihr verborgenes Inneres gewährt und er verdiente das Vertrauen. Stumm hatte er sie an sich gedrückt und das Loch in ihrem Herzen nicht durch unnütze Fragen ausgewalzt. Weder sein Verhalten noch sein Blick hatten sich in der Folge verändert.

Kein weiteres Mal hatte Mia seither jemandem von ihrer Mutter oder dem jähen Verlust erzählt; die anvertrauten Worte waren bei Jordì sicher. Mia hatte das Gefühl, dass er sie auch ohne Worte verstand.

Nun war sie wieder hier. So viel war passiert und doch fühlte es sich an, als sei es gestern gewesen.

Bedacht schlenderte Mia durch die Markthallen des unterirdisch ausgehobenen Zentrums. Sie sah die Stände mit handgearbeiteten Schmuckstücken an und lächelte. In Südfrankreich wartete ihr kleines Atelier; egal, was heute passierte. Ihre eigene kleine Existenz wuchs und gedieh. Wahrscheinlich hatte sie ihren Weg inzwischen längst gefunden.

Nach der anfänglichen Skepsis war Mia nun dankbar über das Wiedersehen. Sie hatte nie Abschied genommen; weder von Jordì noch von ihren gemeinsamen Träumen und dem neuen Lebensgefühl, das er ihr gebracht hatte.

Etwas verband sie selbst noch mit der Stadt. Vielleicht waren es die Eindrücke des beschwingten Lebenswandels, den sie in Barcelona erstmals erlebt hatte. Die Reisen hatten den Alltag in Düsseldorf aufgelockert und durchkreuzt. Oder es lag noch immer an ihm und seiner Ausstrahlung.

Was es auch sein mochte: In die eine oder andere Richtung würde das Treffen ihre bohrenden Fragen beantworten.

ER: Alles beim Alten

Jordìs Herz machte einen Sprung. Nichts hatte sich verändert. Als er sie trotz des kühlen Herbsttages am gusseisernen runden Tisch draußen in der ersten Reihe zur Straße sitzen sah, spürte er einen Stich. Er hatte vergessen, wie schön sie war.

Offenbar traf auch sein Blick sie mit erschütternder Wirkung. Nervös nestelte Mia am Verschluss ihres Armbands, strich ihr Kleid glatt und die Haarsträhnen aus der Stirn. Jordì fühlte, dass sie im selben Boot saßen. Keiner sprach aus, was im Raum stand; beide vermieden den direkten Blickkontakt und strampelten tapfer durch alle Gesprächsfloskeln. Unbeholfen erkundigte er sich nach ihrer Reise und sie sich nach seinen Plänen für die bevorstehenden Feiertage.

Abrupt drehte Jordì sich zur Seite und sah ihr das erste Mal wirklich in die Augen: „Lass uns gehen, Mia. Ich brauche Wasser." Sie lächelte. „Wie immer?" Er nickte. „Wie immer."

SIE: Bekannte Versuchung

Als sie gemeinsam am Stadtstrand der Barceloneta saßen, fiel die Anspannung allmählich ab. Nachdem sie einander im unsicheren Geplänkel umkreist hatten, brach die gemeinsame Fahrt auf dem Roller, dicht aneinandergeschmiegt wie in alten Tagen, das Eis. Der Fahrtwind blies die Fragen und Schmerzen der vergangenen Monate davon, als hätte es sie nie gegeben. Die Gespräche gingen tiefer und endlich sprachen sie wieder mit dem ganzen Körper und von Herzen. Das strahlende Blau seiner Augen leuchtete.

Sie saßen im Sand und richteten die Blicke auf das tosende Meer. Außer ein paar Spaziergängern war die Promenade leergefegt. Der Himmel zog sich zu und Jordì stupste Mia mit seiner Schulter leicht in die Seite. „Los geht's?" Unter grauen Gewitterwolken stürmten sie in die Fluten, tauchten in kalte Wellen und stolperten schließlich zitternd zurück an den Strand.

„Deine Lippen sind ganz blau." Jordì wickelte Mia in seinen Pullover ein. Als er hinter ihr stand und ihre Arme mit seinen wärmend umschloss, stockte beiden der Atem. Nichts, wirklich gar nichts hatte sich verändert.

ER: Richtungswechsel

Zurück in seiner Wohnung trat Jordì unsicher von einem Fuß auf den anderen. „Ganz sicher: Du gehst zuerst duschen. Ich sehe doch, wie du frierst."

Was für ein seltsames Gefühl es war: So viel Zeit hatten sie hier gemeinsam verbracht und jetzt rotierten sie unbeholfen umeinander. Früher hätten sie keine Tür geschlossen und auch jetzt fühlte es sich unnatürlich an.

Jordì fragte sich, warum er damals weggelaufen war. Hatte es wirklich keinen Ausweg gegeben, oder hätte er gegenüber seiner Familie bestimmter auftreten müssen? Sobald sie sich begegneten, führte kein Weg aneinander vorbei. Vielleicht war es Schicksal, dass sein Herz ihm für sie das Unvorstellbare abverlangte: den Mut, sich gegen die Erwartungen der Heimat zu stellen und notfalls auch gegen seine eigene Familie. Die flirrende Aufregung, die ihn jetzt durchströmte, reichte an keine der Empfindungen heran, die er in der Zwischenzeit erlebt hatte.

Auch wenn es einen erneuten Rückschlag in Besalú forderte: Jordì würde Ja sagen und seine Gefühle nicht mehr verleugnen. Seine Heimat würde das nicht gutheißen, aber am Ende musste sie das auch nicht. Er konnte für sich selbst entscheiden und er würde es nunmehr erstmals in voller Entschlossenheit tun.

SIE: Knistern

Mia zog die Badezimmertür mit einem leichten Knacken zu und schaute in den Spiegel. Sie war tatsächlich wieder hier in Barcelona und zwei Schritte entfernt stand Jordì hinter der dünnen Sperrholzwand mit wahrscheinlich ebenso rasenden Gedanken wie sie.

Mia hatte nach Antworten für sein Verschwinden gesucht und nun das Gegenteil gefunden. Wie schon bei ihrem ersten Kennenlernen fühlte sie sich intuitiv wohl in seiner Nähe und es knisterte, trotz aller Geschehnisse der vergangenen Monate. Sie hörte, wie er im Flur auf- und abging. Diese Geschichte war alles andere als vorbei.

Als Mia durch den Flur ins Wohnzimmer trat, um sich für den Vortritt zu bedanken, griff Jordì ihre Hand und zog sie zu sich. Nur Millimeter trennten sie und die Zeit stand still.

„Jordì, was ist das nur mit uns", flüsterte Mia. Er zuckte mit den Schultern und küsste sie.

ER: Entschlüsse

Auch wenn er versucht hatte, es sich auszureden: Er hatte sie an jedem einzelnen Tag vermisst, an dem sie nicht in seiner Nähe gewesen war.

Ihr Bild war selbst über die Distanz und trotz jeder Ablenkung nicht wahrhaftig verblasst. Er hatte sie aus seinem Blickfeld, aber nicht aus seinem Herzen verbannen können.

Doch nun war sie wieder da, nicht nur als lebhaftes Bild vor seinem inneren Auge und als vertraute Stimme in seinen Ohren, sondern wahrhaftig.

Mia würde ihm die Kraft geben, sich endgültig aufzulehnen. Sein Großvater musste verstehen, dass er von Jordì eine Entscheidung verlangte, die sich nicht treffen ließ. Es gab kein Schwarz oder Weiß und es konnte nicht in

Baptistes Interesse liegen, dass er Jordì vor eine solche Wahl stellte.

Sie würde für niemanden von ihnen gut ausgehen. Denn mit voller Kraft holten Jordì die verdrängten Gefühle und seine Träume ein. Wenn er mit Mia zusammen war, fühlte er sich, als könnte er alles erreichen. Kein Berg war zu hoch, keine Strecke zu weit. Die ausgeredeten Wünsche leuchteten wieder in allen Farben. Gleichzeitig kannte er aber auch seine Wurzeln.

Jordì und Mia tauchten ein in ihre gemeinsame Welt und eines stand für Jordì fest: Freiwillig würde er sie nicht noch einmal gehen lassen.

SIE: Trügerische Hoffnungen

Kein einziges Wort fiel darüber, wie es weiterginge. Mia hatte das Thema geflissentlich vermieden. Aber die früher vage gemeinsame Perspektive stand plötzlich greifbar im Raum.

Mias Kopf drehte sich. Wie konnte er ihr aus dem Nichts wieder so nahe sein nach den Monaten der Stille?

Anders als früher war der Abschied leicht gewesen. Ohne es erklären zu können, hatte Mia Jordì gefestigter erlebt. Obwohl sie keinen einzigen gemeinsamen Plan geschmiedet oder über ein Wiedersehen gesprochen hatten, war sie innerlich ruhig. Wieder verabschieden sie sich in ein Ungewisses, aber es fühlte sich richtig an. Mia spürte das tiefe Vertrauen in sich, dass das Leben etwas Besonderes mit ihnen vorhatte und dachte an den Nachmittag in der Kathedrale.

Wenn Jordì und sie jetzt bestünden, würde sie nichts mehr trennen können. Bewusst hatte Mia für sich behalten, dass sie Düsseldorf aufgegeben hatte und nach Frankreich ausgewandert war. Das Geheimnis wollte sie erst preisgeben, wenn Jordì für sich selbst eine Entscheidung getroffen hatte. Das neue Leben in Cannes war ihr fester Anker und wurde zunehmend zum Zuhause; vielleicht würde es bald auch für Jordì eine Heimat werden.

Sie malte sich aus, wie sie ihn durch das Atelier führen würde. Er würde große Augen machen und stolz auf sie sein. Seine eigenen Träume könnten wieder aufflackern; hier durften Mia und Jordì beide sie selbst und gleichzeitig ein Paar sein – so, wie sie waren und wie sie sein wollten.

Das Leben bahnte ein weiteres Mal ungeahnte Wege. Mia fühlte sich hoffnungsvoll. Mit dieser inneren Gewissheit könnte sich das so lange sinnentstellte Bild aus Santa Maria del Mar endlich doch noch zu einem strahlenden Ganzen zusammenfügen.

ER: Herzblut

Jordì konnte es nicht erwarten, Mia wiederzusehen. Das Aufeinandertreffen in Barcelona hatte alle Fragen beantwortet und die Zweifel beiseite gewischt. Sie waren füreinander bestimmt. Er würde sich auflehnen und wenn sein Umfeld erst einmal sähe, was die beiden mittlerweile über Jahre miteinander verband, mussten sich die Knoten lösen.

Jordì spürte eine tiefe Zuversicht. Jetzt würde alles anders werden. Obwohl Mia ein Treffen auf unbelastetem Boden vorschlug, war Jordì überzeugt. Es war an der Zeit, dass sie seine Heimat kennenlernte.

Sie hatte viele Andeutungen gemacht, dass das Leben sie womöglich an neue Orte verschlüge. Jordì gefiel zwar die Idee, gemeinsam zu verreisen; doch er verstand ihre Vorstöße nicht.

Sie hatten den Winter ins Land ziehen lassen und in Jordì reifte die Gewissheit. Erstmals war er felsenfest davon überzeugt, dass Mia seine Wurzeln kennenlernen musste, um das heimische Leben zu verstehen. So könnten sie nach allen steinigen Strecken endlich das Fundament für eine gemeinsame Zukunft legen. Sie hatten seit dem letzten Wiedersehen lange gewartet. Das Frühlingsfest in Besalú war die perfekte Gelegenheit.

Sturzflug

ER: Zum Greifen nah

Es war nicht Jordìs Plan gewesen, aber Baptiste war für einen Termin in der Stadt und bestand darauf, seinen Enkel nach der letzten Vorlesung an der Universität einzusammeln. Wahrscheinlich sorgte er sich, dass Jordì den Bus absichtlich vertrödeln und das Fest in Besalú verpassen würde.

Es bot sich an, dass Baptiste seinen Geschäftsfreund zur Mittagszeit wie gewohnt im Clubhaus in Barcelona sprechen würde und anschließend gemeinsam mit Jordì aufbrach. So träfen Großvater und Enkel sicher rechtzeitig und gemeinsam zum Eröffnungsabend des Frühlingsfestes ein.

Jordì hatte sich die Anreise mit Mia nach Besalú anders vorgestellt; doch so konnten sie die größte Hürde schon in Barcelona meistern. In Besalú erwartete sie dagegen bei den übrigen Familienmitgliedern und Freunden bei fröhlicher Feststimmung sicherlich ein Kinderspiel. Seiner Mutter und den engsten Freunden hatte er schon angekündigt, dass er nicht allein käme. Gespannt sahen sie seiner geheimnisvollen Unbekannten entgegen. Jordì malte sich die große Überraschung aus. Jetzt, wo er sich sicher war, musste alles gut und einfach laufen; Jordì versicherte es Mia wieder und wieder. Aber er spürte, wie aufgeregt sie war.

Dafür zählte seine Überzeugung für sie beide: Die Entscheidung stand fest und wenn sein Großvater Mia erst einmal gesehen hatte, musste das Eis endlich schmelzen. Mit Mias warmem Lächeln würden die Welten bald vereint.

Baptiste sah von seinem Vermouth auf, als Jordì mit Mia an der Hand in den holzvertäfelten Salon eintrat. Im Bruchteil von Sekunden sprang sein Blick auf die vertraute Berührung und ein Funke flackerte in ihm auf. Baptiste drehte sich unvermittelt um, zog einen Schein aus seiner Geldbörse und klemmte ihn unter sein halbvolles Glas. Ohne eine Miene zu verziehen, stand er auf. Jordì gefror das Blut in den Adern.

Baptiste schob den schweren Ledersessel zur Seite und straffte die Schultern. Ohne Mia eines Blickes zu würdigen, lief er an den beiden vorbei. Auf ihrer Höhe raunte er seinem Enkel schnarrend zu: „Um Schlag vier stehst du für die Abfahrt vor der Pforte. Keine Minute später und allein."

Jordì fühlte sich wie in einem bösen Traum und fasste ihre Hand fester. Mia schien versteinert. Schließlich drehte sie sich entgeistert zu ihm. „Er wusste von nichts?" Jordì sah sie hilflos an. Er schüttelte die Starre aus seinen Gliedern und schaute in ihre weit aufgerissenen Augen. „Mia, ohne dich gibt es heute keine Abreise."

Sie sah durch ihn hindurch und starrte ins Nichts. Die Uhr tickte. Jordì realisierte, dass sie in einer Sackgasse standen. Ihm hatten in dem Augenblick die Worte gefehlt; doch er würde seinem Großvater die Stirn bieten.

„Bitte warte auf mich." Er ließ Mia verstört in der Empfangshalle zurück und rannte los. Egal, welchen Eklat es gab: Er würde die Fronten ein für alle Mal klären. Mia stand ab sofort an seiner Seite und jeder sollte es sehen. Es gab kein Versteckspiel mehr.

Erst als er seinen Großvater am Wagen einholte und das gefällige Lächeln sah, erkannte er die Falle. Jordì ahnte mit einem Schlag, was bevorstand. Er stürmte zurück in die Empfangshalle: Ohne jede Spur war Mia verschwunden.

SIE: Wachgerüttelt

Mia blickte auf ihre zitternden Knie. Wie konnte das geschehen?

Alles in ihr bebte. Sie war nicht die gewünschte Schwiegertochter; nicht wohlgeboren, nicht reich, nicht katalanisch. Aber das verdiente sie nicht.

Über Jahre hatte Mia Raum und Zeit gegeben, damit Jordìs Umfeld sich langsam an den Gedanken gewöhnen konnte, dass es in seinem Leben eine Veränderung gab. Doch sie war und blieb unerwünscht. Mia verstand nicht, wie der Großvater sie so ausdauernd und tief ablehnen konnte.

Seit Jahren kämpfte sie auf verlorenem Posten und jetzt, wo sich alle Sorgen und Ängste in Luft auflösen sollten, gipfelte der Konflikt. Jordì ließ sie ins Messer laufen. Nicht einen Blick war sie seiner engsten Familie wert. Mia spürte, wie die Scham in ihr aufstieg.

Vor ihrem inneren Auge tauchte das Bild ihrer Mutter auf. Diese hätte nicht zugelassen, dass Mia sich anbiederte, nachdem sie so lange ohne jede Chance mit Missachtung gestraft worden war. Mia senkte den Kopf. Wahrscheinlich hätte ihre Mutter ihr auch diesen letzten Hieb nicht verziehen, den Mia wortlos über sich ergehen ließ. Es war Zeit, das Feld zu räumen.

Mias Körper schüttelte sich noch immer, aber sie richtete sich auf. Wie in Trance stolperte sie auf wackeligen Beinen auf den Seitenausgang zu.

Diesen Kampf konnte sie nicht gewinnen. Wenn sie schon ihren Stolz verloren hatte, würde sie zumindest ihr Gesicht wahren.

Ihre Schritte wurden immer schneller, bis sie rannte. Atemlos erreichte sie den Bahnhof. In Frankreich wartete ein Zuhause, in dem sie nicht unsichtbar sein musste.

Wie schon einmal drehte Mia sich am Gleis nicht mehr um. Doch dieses Mal ließ sie all ihre Hoffnungen zurück.

ER: Zerronnen

Wie von Sinnen stürmte Jordì durch das Gebäude, die Straßen und schließlich zurück zum Club. Er hatte sie verloren und wusste nicht einmal, wo er sie finden könnte. In Düsseldorf gab es offenbar keine Anschrift mehr, noch nicht einmal eine Telefonnummer. Sie hatte ihm in den vergangenen Monaten nichts über ihr jetziges Leben verraten und ihre Handyleitung war tot.

Scheinbar so kurz vor dem Ziel brach das Kartenhaus in sich zusammen. Vor der Eingangspforte sank Jordì erschöpft auf die Treppenstufen.

Der Concierge brachte ihm ein Glas Wasser und redete ihm gut zu. Jordì nahm nichts davon wahr. Nach einer Weile fuhr Baptiste vor, stieg aus der Limousine und ging auf seinen Enkel zu. Jordì starrte ihn entgeistert an.

Baptiste legte seine Hand in der gewohnten großväterlichen Geste auf Jordìs Schulter. Angewidert rutschte Jordì zur Seite und schleuderte Baptiste einen wutentbrannten Wortschwall entgegen.

Jordì erkannte seinen Fehler. Er hätte weder Mia noch Baptiste überrumpeln sollen. Aber auch wenn er es falsch aufgezogen hatte: Sein Großvater hatte die überlegene Position auf eine verächtliche Weise ausgespielt.

Jordì spuckte auf die Straße und Baptiste holte aus. Die Ohrfeige schallte durch die Empfangshalle des altehrwürdigen Clubs.

§ 8 STILLER FRIEDEN

Kahlschlag

SIE: Freigabe

Mia seufzte. Monate waren seit dem Aufeinandertreffen in Barcelona vergangen. Das Leben in Cannes war lebendig und voller Abwechslung und im Atelier erlebte sie eine nicht abreißende Hochsaison. Dennoch ertappte sie sich immer wieder bei Gedanken an Jordì. Sie fragte sich, an welchen Weggabelungen sie die falsche Route eingeschlagen hatten.

Doch jedes Grübeln führte zu nichts. Sie musste sich damit abfinden, dass ihr mutiges Abenteuer vorbei war. Auch wenn ein Teil von ihr sich noch immer dagegen sträubte: Die mitreißende Geschichte endete kläglich.

Mia versuchte, die schmerzhafte Geringschätzung nicht auf sich zu beziehen. Immerhin stand sie in einem neuen Leben. Aber es führte kein Weg daran vorbei, sich die unliebsamen Wendungen einzugestehen. Der erste Impuls, der ihr Leben aus dem Bauch heraus bestimmt hatte, war im Sand verlaufen. Mit dem letzten Versuch hatten Jordì und sie ihr erhofftes Märchen endgültig und mit vollem Schwung an die Wand gefahren.

Was auch immer an der heimatlichen Front mit Jordìs Familie geschehen war, eine Wahrheit blieb für Mia: Der nächtliche Sprung in Österreich ins kalte Wasser war immerhin ihr erster Sieg des Herzens über den Verstand gewesen. Mochte er auch elend gescheitert sein – Mia bereute den aufschürfenden Aufbruch ins Leben nicht.

ER: Erwachen in Scherben

Jordì haderte mit sich und der Welt. Über Wochen wechselte er kein einziges Wort mit seinem Großvater.

Doch er musste sich eingestehen, dass er es tief in seinem Innersten wahrscheinlich schon lange gewusst und beim letzten Anlauf nur verdrängt hatte: Es gab keinen Raum für Mia in seinem heimischen Leben. Nicht ohne Grund war dem ersten Aufeinandertreffen mit dem Großvater ein so langes Zögern vorangegangen.

Sobald sich mit Mia eine Leichtigkeit einstellte, folgte auf dem Fuß das schlechte Gewissen. Er brauchte es nicht einmal an den Gesichtern der Familie oder der Freunde abzulesen; Jordì spürte selbst, dass er sich unabhängig von Mia hätte abnabeln müssen. Jetzt aber symbolisierte sie die Abkehr und blieb für sein Umfeld die Gegnerin, die es zu bekämpfen galt, um Jordì nicht zu verlieren.

Jordì fühlte sich zerrissen. Wahrscheinlich musste er für eine Zeit allein sein, Phasen abschließen und seinen Weg bahnen. Wahrscheinlich könnte er dann die richtige Person an seiner Seite finden.

Die Eindrücke, die sich von Mia in den Köpfen seiner Umwelt eingebrannt hatten, würde er nicht mehr ausmerzen können. Mia war zu einem Sinnbild dafür geworden, dass Jordì seine Heimat nicht mehr liebte.

Auch wenn das Eingeständnis schmerzte: In jener Nacht in Österreich war nur Mia ins Seewasser gesprungen. Immer hielt ein Teil von Jordì ihn zurück und bremste seine Bewegungen aus. Jedes Mal griff er Mias Hand und stürzte mit ihr in eine Zukunft, die so greifbar wirkte. Doch sobald er losgestürmt war, legte sich auch eine bleierne Schwere über ihn. Die missbilligenden Blicke in der Heimat schmetterten jeden noch so kraftvollen Vorstoß ohne jede

Nachsicht nieder. Es war ein Teufelskreis, den er nicht zu durchbrechen vermochte. Er sah Mias Augen und wollte zu ihr eilen. Doch wie oft er es auch versuchte: Das Damoklesschwert hing bei jedem Anlauf schon über ihnen.

Auch wenn er sich dagegen sträubte, musste er seine Gedanken ein für allemal von dem unerreichbaren Ziel abwenden. Es gab schlicht keine gemeinsame Zukunft. Daran führte kein Weg vorbei. In einem Gefühl des mitreißenden Übermuts hatte er den Bogen ein letztes Mal überspannt und Mia ungewollt vorgeführt.

Er musste sie ziehen lassen und mit ihr womöglich zunächst auch sein Glück.

Genügsamkeit

ER: Verlorener Glanz

Auch Monate später fühlten sich die warmen Worte des Großvaters für Jordì wie Hohn an. Vor der Belegschaft lobte Baptiste in blumigen Worten, dass sein Enkelsohn so kurz nach seinem Einstieg schon eine derartige unternehmerische Weitsicht bewiesen und die Geschäftszweige neu strukturiert hatte. Die kontroversen Diskussionen und

Widerstände verschwieg er genauso wie die persönlichen Differenzen.

Nach Baptistes Triumpf über eine Perspektive mit Mia war bei Jordìs kleinlauter Heimkehr etwas zerbrochen. Jordì ordnete sich unter, aber er fühlte sich stumpf und ausgelöscht. Seine Vorstöße im Unternehmen mündeten meist in Unverständnis. Der Großvater führte das Regiment ohne ein offenes Ohr und es wirkte, als wäre er noch immer enttäuscht von Jordì und seiner vormaligen Abkehr.

Der Freundeskreis und die übrigen Familienmitglieder bemühten sich, ihn wieder zum Lachen zu bringen. Doch anstatt mit Mia den Keil zwischen Großvater und Enkel herauszuziehen, hatte Baptiste den Pflock tiefer geschlagen. Jordì fühlte sich seinem Großvater und der heimischen Welt völlig entfremdet.

Zugleich war er die unausgesprochenen Unstimmigkeiten leid und wollte niemandem mehr Rechenschaft schuldig sein. Also spielte Jordì das Spiel des hoffnungsvollen Nachfolgers mit und hoffte, dass sich die Dinge fügten.

Doch mit jedem weiteren Tag schwand aus seinen Zügen zusehends die Lebensfreude.

SIE: Freiheit

Mia schloss die Tür ab und zog die Gitterstäbe vor. Das Atelier war ihr ganzer Stolz. In kurzer Zeit hatte es sich einen Namen gemacht und Einheimische wie Touristen gingen ein und aus.

Sie hatte alles hinter sich gelassen und der Neustart zahlte sich in jeglicher Hinsicht aus. Hier in Frankreich gab es für Mia keine Vergangenheit, die sie einholen konnte. Weder war sie die Waise, die man bemitleidete, noch die kleine Kellnerin, die ihr Studium finanzieren musste. Keine Verlobte, die davonrannte, und auch nicht die Traumtänzerin, die ihre Karten verspielte. Erst recht nicht die unliebsame Perspektive, die man mit verächtlicher Nichtachtung strafte.

Mia schüttelte die Gedanken ab und lächelte glücklich in sich hinein. Sie hatte es geschafft, sich einen vergessenen Herzenswunsch zu erfüllen. Der handgemachte Schmuck traf den Geschmack und sie konnte sich verwirklichen.

Niemand urteilte oder wertete über sie oder das, was sie tat; niemand schob sie ab.

Mia spürte die wachsende Hoffnung: So wie sich die äußeren Umstände ablösten, würden auch die schmerzvollen Erinnerungen verblassen. Eines Tages würde sie frei von allen Schatten der Vergangenheit aufwachen. Die Frage, was hätte sein können, würde dann nicht mehr zählen.

Schon heute durfte Mia sich an jedem Tag neu erfinden. Sie konnte völlig neu beginnen.

ER: Nachbeben

Manchmal träumte Jordì noch von Mia. Immer war es derselbe Ablauf: Er trat aus dem Gutshaus ins Freie und sein Atem stockte. Denn da stand Mia mit dem Rücken zu ihm im gusseisernen Pavillon. Der freche Beagle tollte und bellte auf dem sprießenden hellen Grün der Wiese. Jordìs Herz machte zwar einen Sprung, als er ihre Silhouette erkannte. Aber ehe er etwas sagen konnte, drehte Mia sich zu ihm um. Ihre Augen leuchteten tiefgrün in der einstrahlenden Sonne, doch sie waren weit aufgerissen, riesengroß und traurig. Ihn schauderte und die Glasfenster des Pavillons begannen zu beben. Die Streben wankten und der Beagle hielt in seinen Sprüngen inne und verstummte. Mia stand still in der Mitte des Pavillons und sah ihn weiter regungslos an, bis schließlich die Seitenwände zerbarsten und die tragenden Säulen samt der auf ihr ruhenden gläsernen Wölbung wegbrachen. Als die Kuppel hinunterstürzte, schloss Mia ihre Augen und Jordì wachte schweißgebadet auf.

Niemand außer Jaume wusste davon. Als Jordì sich nach einem geplagten Erwachen in den frühen Morgenstunden kaltes Wasser ins Gesicht spritzte und mit einer Zigarette auf die Terrasse trat, hatte Jaume ihn gehört. Er hob sich in den Rollstuhl und schob sich geräuschlos zu Jordì. Von der Seite erahnte er das bleiche Gesicht seines kleinen Bruders im Morgengrauen. Er griff nach Jordìs Hand und drückte sie. Jordì zuckte erschrocken zusammen. Als er aber den warmen Blick seines Bruders sah, lächelte er dankbar. Jaume nickte ihm zu. „Irgendwann kommt jede aufgewühlte Seele zur Ruhe."

Jordì kniete sich vor Jaume und umarmte ihn. Jaume gab ihm einen Kuss auf die Stirn. „Ich bin stolz auf dich. Was immer du tust." Jordì atmete tief durch und horchte in die Stille der vorbeiziehenden Nacht.

Befreiungsschlag

SIE: Schwerelosigkeit

Über dem hellen Sandboden schimmerte das Wasser kristallklar. Mia tauchte ein.

Aus dem Nichts war das Gefühl manchmal wieder da. Sie hatte sich freigemacht von allem. Trotzdem tauchte er noch immer unvermittelt in ihren Gedanken auf. Vor ihrem inneren Auge spielte sich ab, wie sich das Leuchten in seinem Blick auf seine Wangen übertrug, bis schließlich ein Lächeln seine Mundwinkel umspielte.

Die Abendsonne glitzerte am Horizont und Mia schwamm weiter aufs offene Meer hinaus. Die Kraft der Wellen wurde stärker und ihr Atem kürzer.

Mia erinnerte sich an die spielerische Wärme seiner Gesten und das Strahlen in seinen Augen. Ihr Brustkorb brannte. Sie hielt in der Bewegung inne und ließ sich sinken. Irgendeinen Sinn musste die verworrene Geschichte ergeben. Sie atmete aus und luftleer glitt ihr erhitzter Körper tiefer in die Wassermassen. Es wurde dunkler und kühler um sie; die Sonnenstrahlen drangen nicht mehr durch.

Vielleicht waren sie Magneten, die sich mit aller Kraft anzogen, aber, einmal falsch gewendet, ebenso stark abstießen? Mia spürte einen stechenden Schmerz in der Lunge und mit einem Schlag wurde ihr die Tiefe bewusst. In einem unwillkürlichen Impuls stieß sie sich mit starken Beinschlägen wieder an die Oberfläche, hustete und schnappte nach Luft. Ihr Herz pochte und sie hielt sich mit leicht rudernden Armen über Wasser.

Langsam normalisierte sich ihr Atem und ihr Herzschlag fiel in einen ruhigen Rhythmus zurück. Sie streckte ihre Beine aus und drehte sich auf den Rücken. Mit den Füßen paddelnd suchte sie Balance, drückte ihren Bauch an die Wasseroberfläche und streckte das Gesicht in die wärmende Abendsonne.

Die Küstenlinie lag in der Ferne und Mia schloss die Augen. Etwas fehlte noch immer. Doch sie war schwerelos.

ER: Absolution

Jordì saß im Garten und prüfte die Buchhaltung, als die Frauen vom Markt zurückkehrten. Eulàlia winkte ihm freudig zu und bog aus der von Zypressen gesäumten Allee zu ihm ab: „Jordì, heute gibt es Peix i Arroz! Wir haben die schönste Languste von Pepe mitgebracht."

Jordì versuchte zu lächeln, als sie auf ihn zulief. Eulàlia hielt in ihrer Bewegung inne. Sie sah seinen stahlblauen Blick und wusste, dass es an der Zeit war. Seit Monaten schon war der vormalige Glanz aus seinen Augen verschwunden; Jordì wirkte matt und ruhelos. Er war innerlich zerbrochen.

Eulàlia warf die Haare in den Nacken und nickte. „Geh deinen Weg, Jordì. Hier ist er nicht." Sie strich über seinen Rücken. „Und pass auf dich auf."

Jordì sah dankbar zu ihr auf. Er atmete tief durch und richtete sich auf. Auf wackeligen Füßen lief er die Allee hinab und trat mit einem Satz über das Tor vom Gutshof auf den Feldweg. Seine Hände waren schweißnass und er zitterte.

Doch Schritt für Schritt kehrte eine tiefe Ruhe in ihm ein. Jordì spürte, wie die Zuversicht mit jedem weiteren Meter einströmte. Sein Gang wurde leichter und bestimmter; er ballte die Hände zu einer Faust und schüttelte die festgezurrten Fesseln ab.

Vielleicht wusste er noch nicht, wo sein Glück wartete. Aber er würde es finden.

***

Zeitfracht Medien GmbH
Ferdinand-Jühlke-Straße 7
99095 Erfurt, Deutschland
produktsicherheit@kolibri360.de